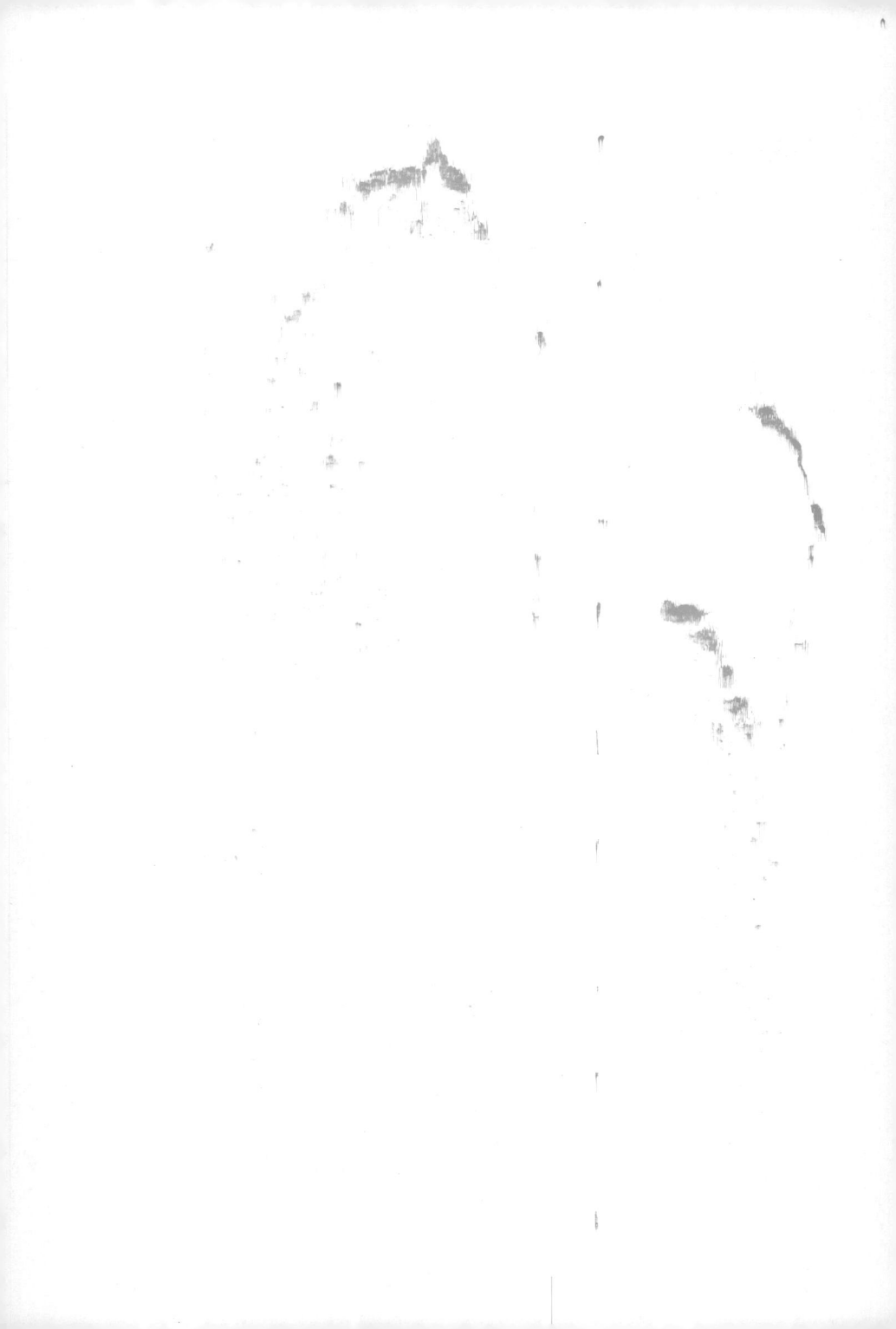

"全威诗"丛书

威 州 战 歌

第一部·上卷

王博习 卷

人民出版社

"全威诗"丛书凡例

一、本丛书集辑威县各类诗歌作品，旨在系统性保存威县文学文献，提供检索、参考、研究之用，实现存史、资政、育人之目的。

二、本丛书所辑威县诗歌，系指：（1）威县籍人士诗作。（2）非威县籍人士有关威县的诗作。（3）存疑者，从宽收录；经考证有误者，附以说明。

三、本丛书汇辑诗作时间范围，上不设限，下限至 1949 年 9 月 30 日，即至中华人民共和国成立前。中华人民共和国成立后诗作由于数量过于庞大，暂不收录，留供将来再作"续编"。

四、本丛书汇辑诗作，包括：（1）古近体诗词，汇编为《洺阳古韵》。（2）新诗，即现代诗歌，汇编为《威州战歌》。谣谚之类，联句之作，并存于作者或编者名下。

五、本丛书编排方式，以作者为经，以时代先后为序。作者生卒之年难以确考者，参以与其相关的活动或事件发生之年，而略推其所属时间，据以编次。

六、本丛书首列作者姓名，次列"简介"，再列"作品"。作者姓名多称其本名或常见自署之名，简介依次说明作者的生卒年、字号、籍贯、官职及诗歌创作成果，其他成就不录。文献不足者则暂阙。

七、本丛书"作品"编排方式，凡据总集、别集录入者，仍从其旧例；个别增补较多者，则依实际需要予以重编，惟尽量按创作时间先后排列为原则。

八、本丛书"作品"不论录自总集、别集，或辑自群籍，均注明出处。一诗数见者，则据最早出现之版本收录，加注说明此诗又载于何处。

九、本丛书校勘细则如下：（1）作品抄本、刊本缺字，无从考证补足者，用"□"标示，一"□"代表一字。（2）原诗有注者保留，编者校勘、注解以"编者按"形式呈现。（3）有以意改动正文、以意取舍异文者，附加说明。（4）在文中有订正者，保留原字，改正之字加"〔〕"标注。

十、本丛书为配合现代人阅读习惯，统一将繁体字进行简化；诗文所用字词一般保留原貌，但对"的地得"及个别常用固定词语按照现代汉语使用规范进行修改；版面一律采用横式编排。

前　　言

　　诗歌是艺术的女王。诗书文化是中华优秀传统文化中最耀眼的明珠。威县历史悠久，名人辈出，文化底蕴十分深厚，而诗书文化尤为突出。

　　威县人民身上流淌着军人的血！这是对威县这片热土、这里的人民表现出的优秀品质的科学认识和准确概括。威县，在元、明时期称威州，是因宋、金时期驻"天威军"而命名。这里不仅为古来屯兵之地、兵家必争之地、现代优秀兵源地以及优秀军事人才的诞生地，在这片热土上，还涌现出众多杰出的军旅文艺创作人才，而王博习、史轮（马清瑞）与王亚平、刘艺亭等就是抗战时期威县众多抗战作家、诗人中的杰出代表。一个县同时出现多位诗人活跃在中国抗战诗坛，全国罕见。在七七事变前，王博习、史轮两位烈士诗人均出版了自己的诗集，其中，史轮出版了《战前之歌》和长篇叙事诗《白衣血浪》，而王博习在出版诗集《天桥》时，还不满 20 岁。

　　《威州战歌》（第一部）是威县籍战斗在抗日战争文艺前线阵地的、同为中国诗歌作者协会会员、同牺牲于 1942 年的王博习、史轮两位诗人的现代诗歌作品结集。这是抢救保护历史文化工程、诗书文化保护传承工作成果之"全威诗"丛书的重要组成部分，同时也是军旅文化研究成果之一。

在中华民族的生死关头，在全国抗战的非常时期里，威县的抗战诗人用他们的诗歌，歌唱民族战士们英勇的战绩，暴露敌人蹂躏我民族的暴行，描写在敌人铁蹄下的同胞们的牛马生活。他们既是诗人更是战士，他们的笔杆也就是枪杆，为着民族解放、自由平等而抗争、奉献，其中王博习、史轮都献出了自己年轻而宝贵的生命！

"中国抗战文学史上千万不要忘了青年诗人王博习烈士"，这是已故河北省文联原党组书记、副主席、冀南区老作家刘艺亭先生对家乡文学青年常说的一句话。而这句话，也同样适用于威县另一名抗战诗人史轮烈士。刘艺亭先生说这句话，主要是因为王博习、史轮烈士两人的作品大多散佚。虽然史轮烈士工作的西北战地服务团条件稍好，且其作品在当时就大多出版，但后人始终未对其作品进行系统性的挖掘和整理，后人可以看见的仅有存于著名诗人作家魏巍主编的《晋察冀诗抄》中的 7 首。而王博习牺牲前工作战斗在条件最为艰苦的冀南游击战区，加之牺牲时才刚 25 岁，其作品就更难得一见。

中华人民共和国成立后不久，刘艺亭先生就有搜集王博习烈士等人作品的想法，但因故而停滞，直至改革开放后全国掀起的整理文史资料热潮时又重新拾起。经过刘艺亭先生多年、多地搜寻和努力，仅找到了王博习烈士在抗日根据地创作的 5 首诗歌，全部刊载于他与夫人宋复光合编的《冀南文学作品选》一书中。之后，《河北新文学大系》《燕赵文艺史话》等文学书籍，也多对其 5 首诗歌进行记述。但是，刘艺亭（孙晖）等王博习的战友们一致希望："他的作品还可能找到一些，并且觉得，这个想法落不了空。"

　　我们没有也不会忘记这些先烈、先贤，家乡的后学也没有辜负刘艺亭先生的嘱托。经过近两年的搜寻，终于又找到了王博习的诗作 40 余首，找到了史轮的诗作 80 余首。这些诗散存于各地图书馆、文学馆及个人手中，分别刊印在各种报刊之上。我们竭尽所能，穷尽一切手段，进行了系统性搜集，最终形成了《威州战歌》（第一部）。这样，我们终于可以告慰两位诗人在天之灵以及一直念念不忘他们的战友等先辈们。

　　但是，毕竟我们的条件十分有限，挖掘整理水平、渠道等也有很大不足，《威州战歌》（第一部）只能算是初集，现将其刊出，力图起到抛砖引玉、千金市骨的作用，下一步继续编纂王亚平、刘艺亭及其他众多诗人的作品，结集为《威州战歌》第二、三部。我们诚恳期待后来者不断对其丰富完善，并将我县诗书文化建设推向一个更高的层次。

编　者

2019 年 10 月 1 日

目　　录

作者简介

王博习（1917 年 ~ 1942 年夏），笔名莎寨、羽白等，河北省威县潘固村人，革命烈士，青年诗人、作家，太行山、冀南抗日根据地文学创作骨干。

王博习出生于一个书香家庭。他的父亲王延涛（原名王树梓），字楚才，是一个曾在威县县城及乡村执教多年的教师，且擅长书画特别是榜书和水墨画，人送雅号"墨牡丹"。他对子女要求非常严格。王博习在兄弟四人中行三，还有四个姐妹，但按乡村习俗在家中按其生日称为"四儿"，所以他的兄弟、同事都亲切称其为"四哥""四弟"等。他的长兄是王宗约，在升学考试中曾以河北省南区几十个县第一名的成绩获得一辆自行车的奖励，轰动一时。后参加革命，并成为闻名于山东西北、河北东南一带的教育家。王博习自幼聪颖好学，并受到了良好的家庭熏陶和学校教育。

他在冀县中学读书时，就特别喜爱文学，并开始发表作品。因家中地少，兄弟姐妹多，当得知自己上学的费用一年花去全家收入的一半时，年少的他便立下大志，发奋创作，靠稿费供

自己读书。此事至今仍成为美谈，成为一直激励家族后辈刻苦读书的力量源泉。1933 年，他从冀县中学毕业后便去了北平和天津，一边在中国大学旁听，一边在一些报社、杂志社中当记者、编辑，并逐渐显示出了创作才能，经常在北平、天津等一些报刊（副刊）上发表诗歌作品。目前找到的作品中，最早的是 1935 年 3 月发表在《大公报》的两首诗歌。其间，还结识了一批左翼文学青年，包括 1935 年在参加一二·九学生运动中，结识的爱国文学青年田涛等。1936 年 10 月，他作为首批会员，参加了由王亚平、田间等人发起成立的中国诗歌作者协会。同年底，又参加了总会设于上海的中国青年作家协会。

抗日战争以前，北平是华北的政治中心。日本帝国主义的侵略扩张政策，使华北五省直接受到威胁，北平更首当其冲。因而，北平的大、中学校学生和各界人士的抗日爱国斗争，理所当然地走在了全国的最前列。平、津的进步文化运动，特别是诗歌运动，也随着整个抗日救亡运动的兴起而蓬勃开展起来。当时，平津虽然有《新地》《文学导报》《今日文学》等一些文学杂志，报纸上也有诗歌副刊，但专门的诗歌杂志或以诗歌为主的杂志，则只有北平的《诗歌杂志》和天津的《海风诗歌小品》。这两个杂志所团结的一些青年诗歌作者，大都是进步青年、民先队员，还有立志为实现共产主义献身的共产党员，他们都是平津诗歌运动中坚定无畏的尖兵！王博习就是其中最活跃分子之一。目前能找到的他在《诗歌杂志》上发表的诗歌有《我的保姆》，在《海风诗歌小品》上发表的诗歌有《二月的古城》《河工》，这些都受到诗友们的普遍好评。在此期间，他还撰写了短篇小说《四月的苜蓿风》，发表于《文丛》第一卷第五期。1937 年，王博习的处女诗集《天桥》，作为《海风》丛书第一辑印行于世。

七七事变后，王博习与其他爱国的青年学生们，转到内地参加抗战。在开封，当他正等待由共产党员领导的一八一师学兵队时，遇到了文友姚雪垠。姚雪垠邀他帮助编辑《风雨》周刊，并在第五期《风雨》上发表了他的诗歌《家在松花江上》。不久，他乘陇海路的火车去了西安，由西安转到了延安。

在延安，王博习参加了延安鲁迅艺术学院的学习。他边学习边从事文学写作，积极参加街头诗运动。1938 年 9 月 12 日，在岢岚县，他同刘柯、张君远、毛筍、田野等人，参加了西北战线社的座谈会，决定战文社为延安文艺总哨第一分站，又决定 9 月 20 日第二战区民族革命战争战地总动员委员会（简称"战动总会"）成立一周年纪念日，为街头诗运动宣传日。在全面抗战的烽火燃起之后，出现了朗诵诗创作的高潮，王博习与臧云远、徐迟、光未然、方殷等积极响应，创作了一批鼓动性强的朗诵诗，诗人们的怒吼，极大地鼓舞了人民的抗战热情，敲起了敌人的丧钟。

1939 年春，王博习东进来到抗日前线，被分配到晋冀鲁豫边区晋东南文化教育界抗日救国总会工作，编辑机关刊物《文化哨》《文化动员》（后改为《文动》）。年底，他建议并亲自创办了文艺刊物《文艺轻骑》，共出版两期。在晋东南，王博习的文才得到了老作家高沐鸿的赏识，两人经常在一起商讨刊物的编辑和诗歌的创作。王博习同诗人王玉堂（冈夫）也有密切的交往，他们以同一题目（《河边草》），作过各异其趣的诗歌，王博习还为王玉堂的诗作《歌唱》写了评论，刊登在自己编辑的刊物上。此时，王博习的大部分诗作都发表在晋东南的《文化动员》及张磐石主编的《抗战生活》等刊物上。

东出太行便是冀南抗日根据地，那是王博习的故乡，而且，平原上同样火热的抗日斗争，一直在吸引着外出多年的游子。王博习渴望回乡参加当地的抗日斗争，首先考虑的是到了家乡，脚踏着自己熟悉的土地，接触到自己更为了解的乡亲，更深入地体验群众的生活，以便创作出更有深度的好作品。1940 年秋，组织上批准了他的申请，王博习回到了阔别多年的家乡。他一回来，冀南文化界抗日救国总会（冀南文总）便召开了小型而热烈的欢迎会，并立刻委以重任，委托他编辑《冀南文艺》（于1941 年 3 月停办）。1941 年 9 月 10 日，冀南文总和冀南文艺研究会创办了冀南区第一个纯文学刊物《新文艺》，由王博习任主编，共出版 3 期。

当时，冀南文总正在南宫、广宗、威县一带活动，这里是1935 年冀南大暴动的核心地区，工作基础好，群众的抗战热情很高。良好的环境大大激发了王博习的工作热情，加上他特别出色的工作，使得他编辑的油印刊物《新文艺》的创刊号，受到广大群众的热烈欢迎，以至于供不应求。《新文艺》第二期不得不改为石印，以扩大印刷数量，满足读者的需求。在王博习的辛勤耕耘下，《新文艺》荟萃了冀南当时所有的佳作，如王博习的小说《不是兵的故事》、诗作《七月》，胡青坡（笔名田蓬岗）的小说《阔边眼镜》《棉油不卖了》，老秋的诗作《壮烈的笑》，哈华的小说《遗憾》等等。这些作品代表了冀南当时文艺创作的最高水平，而王博习所编辑的刊物《新文艺》，一直为冀南的老文艺工作者所津津乐道。

特别值得一提的《不是兵的故事》（刊登在《新文艺》第二期上），生动地描写了抗战炮火下活动着的冀南普通农民，真实地刻画了冀南农民抗日自卫队的对敌斗争。在冀南平原上，这许许多多不是兵的抗日战士，在民族危亡的紧急时刻，手执破旧的武器，凭着火热的爱国热情，英勇不屈地打击着凶恶的日本侵略者。1941 年秋天，冀南区党委书记李菁玉在一次全区党政干部会议上，特别称赞了《不是兵的故事》"真是写得好"，使得这篇小说不胫而走，立刻传遍了整个冀南平原。

王博习是冀南抗日根据地年轻有为的多产作家，是冀南根据地文坛一名难得的人才，既写诗歌，又写小说，同时还写报告文学、通讯报道。揭露日本侵略者在晋东南兽行的报告文学《"文明"人所走过的地方》（刊载于 1940 年 2 月 20 日《抗战文

艺》第五卷第六期），就是其代表作之一。《"文明"人所走过的地方》笔锋犀利，尖锐揭露了日寇所标榜的"文明"。敌人在一个村庄盘踞了半个月，只半个月光景，便把一个和平的村庄变成了人间地狱。作品讽刺"文明"人在这里制作了一幅"伟大而空前"的艺术品，这幅"艺术品"的画面是被烧焦的房屋、门窗；土堆上溃烂的死猪死鸡，满街狼藉不堪，充满了恶臭、龌龊，这就是"文明"人所走过的地方。有描写有议论，在淋漓尽致的描绘中，常常夹着精彩的议论，把这些"文明"人的野蛮行为——揭露展现出来，更增加了读者对敌人的蔑视和仇恨。

1942 年夏天，王博习因患心脏病缺乏治疗而被组织送回家，不久病逝，时年仅 25 岁。他的英年早逝，对于冀南抗日根据地的文艺运动无疑是一个巨大的损失。在牺牲前，他还创作了一部长篇小说（未完成），后因动乱未能保存下来，成为莫大的遗憾。还有诗集《天桥》及其他散佚诗歌作品仍未找到，希冀在以后的寻找中能有更多的发现。

特　　载

中国诗歌作者协会

　　现代诗歌社团。成立于 1936 年秋。九一八事变后，在当时的诗坛上，有人提出了国防诗歌的口号，但在诗歌作者们中间，还没有一个统一的团体把大家联合起来。因此，联合诗歌杂志社、天津草原诗歌会、海风①（诗歌小品）社等 9 个诗歌团体，王亚平、田间、蒲风、柳倩、温流、史轮、雷石榆、周而复、袁勃、濺波、邵冠祥、王博习等 70 名诗人便主动地组织起来，于 1936 年秋在北平成立了中国诗歌作者协会，发表了《中国诗歌作者协会宣言》，号召全国的诗歌作者，在民族解放的战争中，无条件地团结在一起，向着民族解放的共同目标，"紧握着我们的手行进"。随后，诗歌团体调整增加到 14 家，成员增加到 112 名。

　　1936 年 10 月 1 日，中国诗歌作者协会的机关刊物《诗歌杂志》② 创刊，由联合诗歌杂志社编辑，上海联合出版社发行。这

---

　　① 编者按：《海风》（原诗歌小品）第四期，1937 年 1 月 1 日出版，首先刊载了《中国诗歌作者协会宣言》。

　　② 编者按：《诗歌杂志》1937 年 5 月第三期重载时，《宣言》的个别文字作了调整，发起者（发起人）也有了扩大和调整。

是一个全国性的大型诗歌杂志。发表在该刊第二、三期上的协会成立宣言宣告了自己的宗旨："我们需要团结，我们需要一个统一的团体。我们——任何一个诗歌作者——必须在抗敌的旗帜下联合起来，共同携手，造成广大的诗歌作者的联合战线，为了和平，为了自由，为了争取中华民族解放的胜利，担负起诗歌的新的历史的任务来。"

《诗歌杂志》刊物得到了全国各地诗人的热情支持，臧克家、王亚平、田间、蒲风、舒群、柳倩、温流、史轮、雷石榆、周而复、方殷、袁勃、魏猛克、覃子豪、林焕平、骆驼生、童晴岚、魏晋、溅波、邵冠祥、王博习等，都是这个刊物的主要作者。正如《宣言》所说，发表在《诗歌杂志》上的作品，不论是呐喊抗敌的怒火或倾吐反战的热情、诅咒人间的不平或讴歌真理与光明；也不论是从史册里发掘诗歌的资料，或取材于现实生活，都忠实于历史的使命，适应民族解放的斗争，表现了明确的时代观念和对民族前途的展望。除了创作之外，《诗歌杂志》还发表了周而复翻译的美国惠特曼的诗，林林翻译的日本森山启的诗。

《诗歌杂志》得到当时中共北平市委、学委和北区区委的支持和鼓励，是社会群众工作的重要组成部分。1937年5月，《诗歌杂志》第三期出版后不久，全面抗战爆发，即行停刊，中国诗歌作者协会也停止活动。

中国诗歌作者协会宣言①

九一八事变以后，在我们的国土里起了一个划时代的变革。几年来从半殖民地往殖民地推移的过程中，××帝国主义者的侵略与屠杀，汉奸的出卖与投降，已使不愿做亡国奴的中国人警醒起来，走上向敌人展开神圣的民族革命战争的道路。随着敌人的加紧进攻、侵略与抢夺，全民族救亡的联合战线已广泛的展开。

在这抗×除奸的高声中，在文学的战野上已经树起"国防文学"的指标，号召着一切站在民族解放战线上的作家。

在中国的诗坛上"国防诗歌"这口号很久以前就有人提出，但是在诗歌作者中间还没有一个统一的团体把大家联系起来。

我们需要团结，我们需要一个统一的团体：我们——任何一个诗歌作者——必需在抗敌的旗帜之下联合起来共同携手，造成广大的诗歌作者的联合战线，为了和平，为了自由，为了争取中华民族解放的胜利，担负起诗歌的新的历史的任务来。

我们恳切地要求全国诗歌作者无条件的合作，我们愿意听取民族解放战线上一切诗友们的宝贵的意见与善意的指导，我们企望爱好诗歌的朋友，在制作或学习制作的朋友，紧握着我们的手行进，向着我们共同的指标，不论你——

---

① 编者按：此《宣言》原载于《诗歌杂志》1937 年 2 月第二期。《诗歌杂志》第二期计划于 1936 年 11 月编辑完成并刊行，因某种原因，延迟至 1937 年 2 月。

呐喊抗敌的怒火或吐诉反战的热情，
诅咒人间的不平或讴歌真理与光明，

不论你是从史册里发掘国防诗歌的资料也好，抑在围绕你的一般的事态里探求诗歌体裁也好，只要忠实于历史的使命，适应于民族解放的条件，表现了明确的时代的概念和展望——

你可以写反抗的黑手，
你可以写怒吼的洪流，
你可以写铁蹄下惨痛的呼声，
你可以写炮烟里大众的抗争，
你可以剖露自己传统的脆弱，
你可以倾吐难抑的热情，……

一切，一切，我们都可以写，都可以歌唱。

亲爱的诗友们！在新诗歌诞生短短的十余年后的今日，它已走上更繁荣的阶段，在争取民族解放的过程中，我们应该给诗歌建筑更伟大的前途。

诗友们，时代的号手，英勇的兵丁，暴风雨中的海燕，忧郁森林里的苍鹰，来罢，交错地紧握住我们的手，整齐我们的步调，向前迈进！

发起者：

草原诗歌会　黄沙诗歌会　诗歌出版社

诗歌生活社　呼哨诗歌会　飞沙诗社

洪流诗社　海风诗歌小品社　联合诗歌杂志社

发起人① （以笔画多少排列）

今　及	木以圭	王亚平	王博习	王超敏	王及昌
天　佑	白　羽	白　莹	白　炎	田　间	石　代
史　轮	江　蓠	任　人	邵冠祥	邱　乾	吴　泽
李三郎	李兴华	余　震	李　磊	李华飞	李　雷
林　林	林　熙	季　里	金　风	长　风	岳　浪
芬　君	周　行	周　波	周而复	孟　英	英　英
柳　倩	施巴克	袁　勃	高　原	郭纯才	黄　河
项　军	悠　颖	张文麟	张普寿	张会川	张振乾
张茵海	温　流	彭　泊	彭　澎	简　戎	赵一莹
蒲　风	雷石榆	焕　平	梦　萍	苇　贤	万湜思
骆驼生	冀　春	卢思化	魏　晋	魏精忠	溅　波
萧竖琴	钟　铎	睆　瞵	虹　飞		

发起者（《诗歌杂志》第三期，变更为14个团体）：

天津草原诗歌会　北平黄沙诗歌会　　广州今日诗歌社

湖州飞沙诗歌社　南京我们的诗歌社　天津海风社

江阴风沙诗会　广州诗场杂志社　苏州诗歌作者协会

山东齐飞诗会　青岛诗歌出版社　上海诗歌生活社

联合诗歌杂志社　上海诗歌青年社

发起人（《诗歌杂志》第三期，增加为112人，其中两个翟

---

①　编者按：王亚平、王博习、史轮、冀春、郭纯才为威县人。

英）：

孙伟起	今 及	木以圭	白 炎	王博习	李三郎
季 里	天 佑	郭 苏	陆 綦	白 羽	白 莹
王亚平	田 间	林 熙	周而复	江 蓠	鲁 奋
张洛英	孤 帆	邵冠祥	邱 乾	吴 泽	周 波
王及昌	余 震	莽 曙	李 磊	李华飞	李 雷
林 林	王超敏	史 轮	金 风	岳 浪	芬 君
周 行	石 代	李兴华	孟 英	舒 群	林 火
英 英	柳 倩	施巴克	袁 勃	高 原	郭纯才
黄 河	方 殷	渥 丹	项 军	悠 颖	张文麟
魏猛克	张普寿	岚 岚	张振乾	卢思化	何 方
紫 扬	裴 力	覃子豪	劳 荣	彭 澎	简 戎
赵一萤	蒲 风	虹 飞	小 匏	翟 英	焕 平
魏精忠	苇 贤	万湜思	骆驼生	冀 春	张茵海
秋 子	童晴岚	魏 晋	梦 萍	溅 波	萧竖琴
钟 铎	睆 睟	雷石榆	翟 英	舒 敏	叶 菖
糜文开	汪普庆	徐寿云	孟晓东	李曼霖	鲁 马
梦 草	一 钟	洪 子	何一鸿	徐 程	沈 旭
叶 频	董 干	黄 鲁	吕 骥	叶可根	冯白鲁
张会川	刘映元	张 英	徐 评		

（姓名先后，毫无意义，简章函索即寄。）

第一章　难忘老家

旅人的春

春的新风带来了轻薄的寒意，
春的颜色渲染了大地的裸体，
春的气氛沁进了少年的胸怀，
春的歌调摧动了时代的消息。

旅人的步子迈上征途，
风尘的酸辛沉在心底，
人生的古道是那样的悠远，
悠远到那云树相吻的天际。

我不再忆起那往日的旧梦，
也不再憧憬着美丽的希冀，
热烈的心血在追逐着奋斗，
深刻的创伤是光荣的痕迹。

春的新风滋育着疲倦的旅愁，
春的歌调节奏着行人的步履，

春的颜色渲染着创伤的烙印，
春的气氛沁进了酸辛的心底。

1935 年初春于威县

——原载《大公报》，1935 年 3 月 11 日第十二版。

自　白

为着生活奋斗的惨败，
从天涯海角悄悄地归来，
热风冷雨在激刺着心花，
我默认了这是乡蛰的悲哀。

我何尝不愿再去异地漂泊，
永远地离了这万恶的乡怀！
沦落原是极富有滋味的事，
那流浪之歌是多么的豪迈。

潦倒的过去是不堪回首，
那未来的新梦还得再安排，
短暂的今日权作休息，
等明朝去创造生命的新彩。

1935 年 2 月 26 日作

——原载《大公报》1935 年 3 月 16 日第十二版。

都说今年是个丰收

秋阳泻下一片温流，
荒村摆掉以往的艾忧，
万颗心腾起万把欢喜，
都说今年是个丰收。

广场上飞着金黄的谷，
爆炸着白的绿的豆，
玉黍蜀有牛角般大，
鲜红的高粱像把扫帚。

漫天下晃着一个希望，
孩子伴着嚼草的老牛，
黄昏的炊烟缕缕升起，
家家煮着新米的香粥。

都说今年是个丰收，
快乐里飞来一块黑锈，
心血贱得令人打战，
债捐扣在沉重的心头。

——原载《诗歌小品》，1936 年第 3 期。

血 唇

猛然的一声怪叫,
我们都被吞进了血唇,
你瞅我,我瞅你的,
似乎说:可怜的咱这一群。

钢板的切齿,
马达的旋奔,
煤气汗臭且不管,
小心着无情的飞轮。

肩儿渐渐地向前伛偻,
骨髓也慢慢地榨尽,
我们的苦难崩着火花,
狞笑播扬着场主的毒恨。

我们的血肉做了他们的营养,
呕出来!是在幕帐里张开血唇,
为着要活就得埋没人性,
要不!去做阎罗殿前的饿死魂。

——原载《文学导报》,1936 年第 1 卷第 3 期。

骆 驼

——写给自己

宇宙是一片沙漠，
谁知道还有春秋！
把脚印踏得深深，
让尘帆把它飘走。

瘦腿撑着饥饿，
脊背驮上生活；
眼前晃动着黑暗，
疲惫里咽着风波！

天边腾起阳光，
颈铃震荡着辽阔，
渐渐勾起了希望——
绿洲是个美的天国！

——摘自《给妈妈》一文，原载《华北日报》，1936 年 8
月 26 日。

哭鲁迅

呜呼！鲁迅先生！
伟大的导师，
且听我们为你歌颂。

谁抓去了我们的彗星，
给世界毁灭光明，
全人类掀起风波，
用泪来埋你的英灵。

你曾流了万颗的热血，
枪刺上也常闪着猩红，
无情的仇敌纵然凶恶，
信仰把握住你的永恒。

刚毅的意志像一把烈火，
青年人都是你的壮兵，
把血和肉的堡垒筑起，
拼！拼！为真理而斗争。

世界忽然的完全黑暗，

漫天飞起追悼的哭声，

我们更应该勇敢地干去！

且看明日胜利的光荣。

呜呼！鲁迅先生：

你休息吧！

我们纪念你永远，歌颂。

——原载《东方快报》，1936 年 11 月 3 日。

酒 徒

残黄的电灯光下，
飘荡着酒精的气息。
歪桌上摆一碟咸菜，
粗指头抓着杯和筷，
抖颤着，狂笑着，
把一切的烦恼都摔开，
将瞪大的血睛微闭，
脑袋儿一仰，
——咕嘟！
灌进一个天大的痛快！

窗外的宇宙愈黑暗，
窗里的世界愈沉醉，
个个都涨红着脸，
牵动着筋肉，
喷吐着诟骂，
裂着猩红的嘴。
心都像腾入了云雾，
躯壳也微微的麻木，

恨恨的念头一转，
——妈的！再来一壶。

朦胧里做个沉思，
一天的风光映在眼前——
那卖水果的姑娘多标致，
微笑里转着多情的眼，
豆汁娘也怪风骚，
大乳头孕着迷人的甜，
点绛唇的是烂货，
穿高跟的真混蛋⋯⋯
老婆孩子——猛然一惊：
这顿酒是买米的钱。

夜更显得深沉，
都市已停止了骚乱，
寂静里躺着马路，
酒店里涌出了醉汉，
闹哄哄的，
卷着一股强烈的腥膻。
酒在肚里烧着烈火，
把丢下的苦恼又勾留，
心坎里结个更大的怨忧；
踉跄着，我碰你，你碰我，

嘴里不断地狂骂着……

生活是一条污浊的河流。

——原载《青年作家》，1936 年 12 月 1 日创刊号，又名《酒店里》。

老 家

悲惨的滋味爬上心头，
灵魂打个细碎的抖，
记忆里展开凋残之花，
朵朵抹上浓重的黑锈。

从前的老家是颗橄榄，
风光酿着甜蜜的酒，
黑水抱着白山，
大地满是愉快的温流。

春阳里闪着孩子的风筝，
田间蹀躞着成群的羊牛，
轻盈的尾巴荡着细草，
蝴蝶飞进村姑的纤手。

六月天燃起了流火，
一阵雨洒破一个艾忧；
青苗的抽长拉起希望——
明天有个可喜的丰收。

广场上飞着金黄的星，
爆炸着青青的豆，
玉蜀黍有牛角般大，
殷红的高粱像把扫帚。

秋风飘来了一片凉爽，
人心调起平静的节奏，
积得了半年的新粮，
不愁冬来风雪的怒吼。

那一年突然的遭了炮火，
老家沦进敌人的魔手，
逃走的人们失了保障，
往祖国去潦倒漂流。

五年的时光转眼飞过，
老家再没有光明与自由，
眼泪洗不尽这个悲恨，
旅心日夜地泛起乡愁。

——原载《中流》，1937 年 3 月第 1 卷第 12 期。

卖唱者

苍茫的暮色渐渐浓重，
灯火交织着冷落的巷口，
一阵悠长的调子飘来，
慢慢，人都向一块奔流。

人的洪涛打个漩涡，
在浪花里翻腾着两个人影，
一个瘦俏的拨着三弦，
一个窈窕的掀起歌声。

他弹的是人生的坎坷，
他唱的是自己的苦命，
泪珠儿一颗颗地咽进肚里，
卖唱也是唉饭的技能。

唱完了："阿要给个钱吧！"
人流像是崩散的火星，
灯火交织着冷落的巷口，
他们回顾着生命的鞭影。

——原载《通俗知识》，1937 年创刊号。

我的保姆

这里有花红草绿的春，
这里有如兄如弟的骨肉，
自从那一个九月的夜，
你沉睡里遭了奸污，
于是，白山没了秀丽，
黑水没了静穆，
可怜的东北啊！
我亲爱的保姆。

我忘不了追念当年，
那当年的记忆却很模糊，
温流里驱着老牛春耕，
裸脚踏着翻起的泥土，
复活的农庄脱了冬衣，
摆掉一切寂寞的梦，
——满眼浮上了春绿。

夏天来青纱帐起，
葱郁的高粱塞住大路。
炎流里挥动着臂膀，

脊背上泻一万条瀑布，
报午的鸡鸣拉得老长，
河边的浣衣村女，
抱起漂得净白的衣服。

中秋投给一个爽心，
黎明前趁着落月收获，
大道上的尘埃足有尺厚，
辘辘地载着金黄的谷，
秋场里像个百货店，
一堆二列的红绿交织，
麻雀跳着轻盈的脚步。

关东的雪片大如席，
越巅的野风扑人似虎，
茅屋里系满过冬的粮，
糠皮烧得土炕热乎乎，
孩子附着老人，
讲说着古老的事，
大家嚼着太平年的幸福。

可是啊！这犹如昨日的梦，
（这梦也的确模糊）
今天已失掉了美丽的乡土，

强暴的铁蹄，

踏着草原的胸膛，

可怜的东北啊，

我亲爱的保姆。

　　　　　——原载《诗歌杂志》，1937 年第 3 期。

河 工

"你挑筐，

我来铲，

大家努力把泥搬。"

吭旱，吭旱！

太阳捶破我们的好梦，

晨雾里去认识今天，

谁逼我们跑到这儿，

脚底是踏着生活的线。

沙泥里冰着双腿，

脸上却渗出了汗，

挺起胸膛吐口气，

我们都板着奴隶的脸。

早也挖来晚也挖，

河道一天深似一天，

日子长了受罪多，

早日开好早没饭。

整天价喝着混浊的风，

工头投给一幅恶颜，

我们要自己工作自己干，

不要混蛋来束管，

（何况他还榨我们的血汗），

吭旱，吭旱！

"你挑筐，

我来铲，

大家努力把泥搬。"

——原载《海风》，1937 年第 4 期。

二月的古城

二月风，
苏软了古城，
昨日的激流，
铁的步伐，
热的呼声，
如今都化做轻烟，
腾上青空。

谁能忘记？
那伟大的日子；
但古城
却没半点标征；
似乎：
塞北的天，
让它永远冰冷；
长城
能保住
中原的平静。

这不是说谎，

柏油路是张眠床，
万万颗心在沉睡，
追着梦的甜，
醉的香，
他们不管那，
铁蹄踏上胸膛。

王广福斜街，
前门大街，
设立着游艺场，
里面飘着
悠扬的音乐，
韩人的笑浪，
跑马，飞机……
被魔手抓住的人群，
都想着：
"赢一卷票洋。"
还有：
白宫跳舞场，
贩卖白面房，
那都专权着，
民族的血浆。

飘过一场春雪，

就是旧历年关，
报纸满载着：
闯不过的，
自缢，
投河……
这一点也不稀罕；
可怜流亡人，
洒一把泪，
想起东北的家园。

二月风，
苏软了古城，
看垃圾堆上，
飘起孩子的风筝；
春来了，
南国的消息，
像一渠漫流，
漫过田野，
漫过山河，
漫进了古城。

真的忘记吗？
那伟大的日子，
看鲜亮的春联，

满写着：

"贸易兴隆，

气象升平。"

但记住：

有一只魔手，

即将伸来，

那便是——

吞掉了东北的，

塞外的暴风。

1937 年 2 月于北平

——原载《海风》，1937 年第 5、6 期合刊。

第二章　北平怒吼

本章汇集了王博习烈士在 1936 年初至 1937 年，发表在《华北日报》上的诗歌。

故乡的春色

春，爬进了农村，
荒，撩乱了人心。

"妈！我饿得肚疼啊！"
病妇搂着孩子流泪，呻吟。

两个命逼走了一个命——
爸像被风飘散的云。

灾难的笔描画着大地，
荒野里突起了两个新坟。

1936 年初春于北平

家　信

从故乡飞来了个灾难，
它，嚼咬得我好心酸。

满纸是一片荒，
没有花红和草绿，
火星炸黑了眼。

老母死劲地把着舵，
在流沙的海里，
撑着那生活的风帆。

权用这两滴漂泊之泪，
去祝福她那希望的明天。

1936 年 5 月，于北平

——原载《华北日报》，1936 年 6 月 6 日。

流浪人之歌

怀一颗野胆，
奔出家园，
让田地去荒芜——
劈碎了留恋！

涉过大河，
爬过高山，
踏下夕阳，踢出月亮，
抱着酸辛，宿在野店。

晨雾里重上征途，
村鸡喊醒今天；
人生的大道真长，
明日正还辽远！

流浪人永久流浪，
日积月累年复年；
走遍了天南地北——
哪里没驻着灾难？

——原载《华北日报》，1936 年 7 月 10 日。

贫民窟速写

满屋子是一块黑云，
这儿永没有花红草绿的春，
夏来了就更要命，
滚滚的河流决个不尽，
闷气在肚里作怪，
——娘的！热死人！
从日出到日落，
不管是风雨和晴阴，
浓厚的臭气里，
死撑着骷髅鬼混！

孩子饿成骨头架，
大眼睛转转像瘦猴，
衣裳的补绽数不清，
浑身的黑泥半寸厚，
胡同里流着脏水汤，
垃圾堆上磨时光，
成天翻着这万宝囊，
死争活夺闹嚷嚷，
我骂声妈的你骂娘，

挺起腰来把拳头晃……

太阳压上了西山，
这儿还瞧不见炊烟，
挣吃喝的丈夫怎不回来？
——倚门的少妇望穿了眼。
暮色渐渐地低垂，
黑夜张开了他的鬼脸，
埋怨的咒骂，孩子的哭，……
饥饿的宇宙里嚷成一片。

半夜里丈夫归来，
衣袋里只有三五铜板，
投给孩子半个烧饼；
悲惨地望着老婆——
她的愤怒早已消完。
大地更变得阴沉，
心窝里涌起悲酸，
咽下泪珠，
倒上土炕，
且待突破黑暗的明天！

1936 年 7 月，于北平

旱

漫天里烧一把大火，
炎流卷着垂死的人群。
千万颗心怀着千万颗咒骂；
赤红的眼光，
都死死地盯住青空，
似箭在弦上。

大街里张一面铁网，
天南地北地扯一片荒；
脱毛的瘦狗拖着滴汗的舌，
雄鸡再拉不起它的歌唱。

旷野里爬过燥风，
禾苗都打个死亡的挛痉；
浊臭的河水发着绿泡，
闭门的茅店没了笑声。

柳荫下也没有凉爽，
草原里再瞧不见老农；
大道上满是逃荒的难者，

被饥渴吞着残余的生命。

淡薄的炊烟也望不见，
夕阳荡动着人心的惊慌；
牧童的鞭子早就抛弃，
破栏已关不住成群的牛羊。

村妇拉着一张苦脸，
孩子浑身更显得凄凉；
苍黄的油灯半明半暗，
锅里冷透了苦涩的菜汤……

黑幕笼住苦难的世界，
罪恶闪出一片星光；
闭着一口闷气倒下，
让梦来完成他们的希望。

震天的擂一声吼叫，
诚虔地抬出神明的龙王；
兴奋的脸刻上兴奋的笑，
锣鼓骚动了整个的村庄。

孩子都赤着两脚，带着柳圈，
大人们连串地磕着头，拈着香；

但，天上没有一丝云彩，
仍挂着那火般的太阳。

大火烧不焦人群的希望，
炎流也埋不住愤怒的眼光，
千万颗心激起千万把烈焰，

把臂膊儿一挺，
将龙王倒插进河底，
把乱箭射在上帝的脸上！

　　　　　　　　1936 年夏于故都

　　——原载《华北日报》，1936 年 9 月 10 日。

北国之秋

秋风飘一片落叶，
大地上散布着和平。
都说山河变了色彩，
那儿可栽着标征？

欢狂的笑仍在飞旋，
快乐的歌仍在播送，
晨曦里秋野如画，
夕阳下腾起了诗情。

潦倒地忆起家乡，
街角挂住垂死的生命，
一个希望拖一把泪，
心在饥饿里打着挛痉。

宇宙转近冷的地带，
秋意也抹得更浓；
北国确是变了色彩，
眼前就要鼓起暴风！

九 月

五年前的九月，
那飘着快乐的草原，
——宇宙的东北角上，
爆发了一颗炸弹。

暴力死抓住挣扎的心，
反抗的热情腾起烈焰；
全世界都被震得抖动，
血肉模糊了黑水白山。

人类都怀着悲壮哀悼，
风尘涂上锈花的暗淡；
记忆再激不起冷下的血，
它似乎飞去了千年万年。

太阳像在吐着和平，
世界静谧得如同碧天；
哀号是一天天低哑，
九月已失掉了伟大的纪念。

自己的歌

梦里醒来个奴隶的身子，

朝阳刚刚地腾上红光，

温流般的洒一个遍，

树尖，楼顶——所有的地方；

但只有我自己，

——摇荡在都市的边上，

整年价在阴暗里喘息，

却永得不到它的恩赏：

春天里没有花红草绿，

只有愁雨织住忧郁的窗；

夏天里满是个燥热，

蒸气炙着我的心肠；

秋天来落叶飞起，

消息带给我连串的悲伤；

冬天的时候风搅着雪，

浑身的血管都冻僵……

这就是生活，

它好比一只黑掌，

上帝告诉我：

应该去怎样地抵挡？

用手抓起蓬乱的头发，
死劲地挺挺苏软的胸膛，
热情地伸一下胳膊，
脸皮拉起它的疯狂，
沉着的双眼孕着愤激，
那儿满是刚毅的光；
莫看手儿如此孱弱，
它曾经挥过真理的笔墨，
执过抗敌的刀枪；
莫看腿儿如此纤细，
它曾经涉过深水，
爬过山岗；
脸儿像一片枯叶，
腰肢像个老虾，
这是为了：
踏遍世间艰苦的路，
吃尽宇宙的风和霜。

从小就投给苦难，
灾害里度过童年的时光，
一年年加重生活的担子，
铁鞭把我抽离了家乡；
母亲的泪湿透衣襟，

我总不敢回头一望，

双腿像有千个马力，

眼前更是一片渺茫；

"儿呀！路上珍重！……"

这，到现在我还记得鲜亮。

云雾里跨过城市，

风雨里跑过村庄，

异地的孩子拍着手笑，

小狗儿跟着汪汪汪，

晨曦里赶着露水的野路，

黄昏里对着茅店的灯光，

擦一把泪水横一下心，

饽饽拌上苦涩的菜汤……

就那样：

我像是一只断蓬飞草，

我像是一个漂泊国王，

潦倒又荒唐，

永远地流浪！流浪！

流浪是件卓绝的事，

我狂歌着血泪的诗章。

这儿是美满的归宿吗？

谁敢如此妄想！

现代的风雨可没情分，

一秒间也会掀起暴浪，

把混沌的世界全盘踏碎，

把一切的黑暗都驱散，

尽抹上愉快的阳光，

漫天下飘起和平与自由，

人类间撤去罪恶的高墙……

但是，谁有那样的智慧，

那般大的力量？

这世界永无真理，

这世界便永有反抗；

我暂且怀着这颗心灵，

在这被压迫的角落里滋长，

相信着自己的意志，

坚持着自己的顽强，

总有一日，

大众兄弟们都跳起来，

跳出了万丈深的地狱，

捣翻这充满魔鬼的天堂！

1936 年 10 月于北平

鲁迅死了

像股扫荡世界的暴风，
破晓前闪道刹那的光明，
全人类打个惊魂的抖，
东方滑走了巨大的彗星。

谁会相信这是实事，
黑手捏闭了刚毅的眼睛！
强劲的巴掌摔掉火炬，
从此做了殉难的英雄。

呐喊曾激起了千万颗心灵，
时代轮下做起血肉的斗争；
混沌的宇宙满是云雾，
今日才透出太阳的猩红。

噩耗刺进了每个角落，
漫天里飞起悲壮的悼恸；
后死者疯狂般奔上战线，
明朝有无数的鲁迅再生！

——原载《华北日报》，1936 年 11 月 1 日。

疆场夜

月光在无边的旷野中漫流，

荒冢里弹着秋虫的艾忧，

树叶在悄悄地零落，

鸟雀沉默了啁啾……

像在静听着地心的悸抖。

倒塌的壕堡熄了火，

从此再瞧不见：

守营的兵士，

枪刀的光波；

死静里，

爬过一股腥臭的风，

像来凭吊这昨天的罪恶。

这儿曾踏过壮马的脚，

铁掌的皮靴；

黄土里浸透悲壮的泪

渗满烈士的血……

号角吹乱了千万个心窝。

荒村在废墟里沉睡，

冷风从辽远的天边扫过；

恐怖扣住了死寂的疆场，

月光渐渐变得惨白。

黑龙江畔

从祖国漂来的归心似箭，
流亡人来漫踱这黑龙江边；
兴奋的肉跳熔一腔狂热，
轻放的脚步却踏出沉重，
我在凭吊这灾难的家园。

谁相信只这五年流光，
这里已不是从前的江岸；
草色虽还是黄了又绿，
（但好久没听到我的足音了）
咆哮的白浪照旧飞翻。

虽说东北已被敌人割走，
但我忘不掉这里的春天；
健壮的黄牛拖着犁耙，
大豆的嫩苗钻出土，
旷野像颗甜的橄榄。

青纱帐，
是片无际的绿海，

暴雨之夜去听它抽长；
人心里调起万般的松快，
且待那鲜亮的食粮。

秋天弄得满眼恬淡，
广场上飞炸着人的希望；
数不清的金黄打万担，
把饥饿的粮囤塞饱，
任冬魔去摇震天的风浪。

冻云撒下雪花，
大地展开了缟素的胸膛；
温暖的屋里烘着火，
老人给孩子讲着鬼怪……
夜把倦心泊进了梦乡。

野鹰的哀鸣击碎我的沉思，
平原送来了无垠的辽远，
那往日的绮丽失掉踪影……
猛想起"追念夙昔伤怀抱"，
我禁不住眼泪潸潸。

是哪里吹来这凄厉的号角？
原来已踏进黄昏的海边。

我勇敢地踏下夕阳踢出月，

吟一声"归来关东无故人"，

再见吧，我的黑龙江畔！

都市的夜歌

"善心的老爷太太们！
有剩的，可怜给俺一点吃吧！"
……

无论是阴雨，晴朗，
更不分季候和年节，
只要黄昏一抹过墙角，
胡同里便会弹起哀歌。
脏臭里拖着双腿，
心上压着一只重挑，
驼背的是声低且哑，
年青的是羞怯而高，
你跟着我，
我随着他，
胡同像是吞人的血唇，
穿过了一条又一条……
可是黑门里没有人影，
小狗儿在汪汪地叫。
失望射一支箭；
大家抬一抬泪洗的脸——

路灯在闪，
夜风在飘。

"×娘的！
人都死了！"
……

天　桥

太阳炙烧着炎流，
漫天里是一片喧嚣。
千万个骷髅，
撑持着千万颗心；
在人海的浪花里，
你拥我，
我拥你，
去追寻自己的生活。

手里翻飞着斑驳的绸缎，
牙缝里喷出白沫：
"这一件来六毛整，
这个是五毛买两个。"
廉价的出卖，
廉价的买；
两个不同的脸上，
画出两个不同的笑涡。

卖艺的亮着刀，
晃着拳，

拼命地来打骂自己，
脊背上决一万条山泉。
拍一拍胸膛鼓鼓气，
再玩套惊人的把戏；
震天地擂一声叫喊，
稀落落地投两个铜板。

风尘里飘着几茎银丝，
相家讲着玄妙的神理。
长指甲的老手点画着，
竹桶里捣一根签，
木轮子批个八字，
把人们都听呆了，……
谁也没话说，
又悄悄地散去。

竹椅上躺着轻薄少年，
鼓姬卖着她的风流，
抿嘴一笑人人爱，
谁猜她是歌着怨忧！
银杯里荡着茶波，
嘴里嗑着瓜子，
赚一身安适，
丢下所有的愁。

希望冲破了周身的阴森，

乞人急忙地去赔一个小心；

摇一摇头不算罪恶，

人世间原就这么一点情分。

缩回手觉得浑身冰冷，

心想着这是命运，

记忆里飘一朵黑花，

眼里映出悲惨的家。

劳工们流完汗，

来这儿消闲，

地狱中的天堂，

专收买他们的疲倦：

花一大枚剥把花生，

杂耍场里站一站，

小酒铺里喝上个醉，

又度过这个今天。

黄昏撒下一片模糊，

霞光渲染着西天，

人的洪流发起咆哮，

悲喜不同的心灵，

都紧抓着晚饭。

天桥渐渐地死静了，
惨白的月亮，
爬上东山。

《天桥》补写

象棋家

歪斜的桌上拉开阵线，

车兵炮马分列两边，

黄河两岸权当国境，

两颗心埋着敌对的谋算，

战场上不见白骨红血，

更没有腥臭弥漫，

等到杀得落花流水，

两人相对一笑，

喝一碗茶，

或吸一支香烟。

丑角

把脸上涂一斤粉，

用血红来抹住口唇，

破锣招来一群顾客，

席篷下做起满地滚，

唱一支淫荡小调，

或做出离奇的笑音，

大家都哈哈一乐，

扔给他几个铜板，

他就咧着大牙：

"谢谢您！"

民众教育（一）

穿一件蓝布道袍，

手里拿着一本破经，

大汗淌满黄脸，

胡子里传出报应，

——种好因就有好果，

天地间真有神灵，

劝大家要做好事，

死了会上天成圣……

老娘们听得笑开了脸，

说老道真是世上的大仙，

偷偷地溜出座位，

舍不得掏两个铜板。

民众教育（二）

"隆咚锵，隆咚锵，

隆咚隆咚隆咚锵！

呃！往里瞧，又一片，

大姑娘洗澡在里边！……"

屁股坐在小凳上，

凸镜扣住了两眼，

秘戏赐给一个饱，

心里涌起天大的喜欢，

突然地板子一拍，

眼前现出了黑云一片，

懒懒地站起身来，

还想着再瞧一番。

渔　夫

浪花里卷着希望，
把老心漂在水上，
摇一把橹，
撑一面破网。

大野里披着晓色，
粼粼的绿波映着霞光；
凄风苦雨他也不顾，
眼里尽是柴粮。

白云像是裸女，
青草渲染着河旁……
诗情画意为谁有？
——老婆孩子难当。

太阳吸走了血汗，
年纪刻在脸上，
浑身是一句苦话：
生活吃了健康！

不如归去

漫天里烧着炙热的烈焰；
街上满是汹涌的人流，
像是从山泉迸来的水，
永远永远地没个停休。
汽车擦过明亮的马路，
突然地划出一道鸿沟；
一缕青烟撩起，
希望扣住各个的心头。

忽地一朵浪花飞溅，
轻轻地落到马路的这边，
（这是三个瘦弱的骷髅，
逃荒的乡下人——女和男。）
头顶上晃着"大减价"，
檐下飘扬着无线电，
歌声震得耳朵发麻，
风光模糊了涩疼的两眼，
孩子坐在破烂的筐里，
女人羞答答地没有笑颜，
男的也想到绝了生路，

嘴里死吸着拾来的烟。

饥饿催哭了孩子，
爹妈也浑身发抖，
一个希望又涌上了心，
使劲伸出黑脏的手，
怯懦地压出低哑的喊，
——老爷！可怜……
人家连理也没理，
昂然走过；
只得缩回手来，
——剩下一肚子饿！

现实粉碎了他们的幻想：
都市是资产阶级的天堂，
血汗一个大钱也不值，
卖力气都找不到地方。
女人悲哀地提出意见，
——不如还乡！
家里总还能吃口粗饭，
都市简直是穷人的阎王！
男的默默地没再说话，
含着眼泪，挑起沉重的破筐……

悼高尔基

像颗彗星坠落，
长空划出一道光波；
全世界擂起咆哮，
震动了人类的心窝。

这不要悲切，
时代奏着他的歌声；
真理终会发现，
创造是个大的神明。

一只火炬虽灭，
烈焰仍在炙着魂灵；
把明天投给我们——
前方还有万万的征程。

你静躺着吧！我的导师，
你已经精疲力竭；
且看我们把担挑起，
再造出无数的快活！

退伍兵

三年的猪仔生活，
造成一颗野胆；
赚了千百条伤疤，
幸得挨到今天！

归途上满心快活，
"美哉，天伦之乐！"
然而一到故居，
满眼浮上寂寞！

满院是一片荒，
荆棘爬得老长，
破门上嵌着锈锁，
雀粪点缀着泥墙。

往事催出眼泪：
——妻子流亡，
邻人悄悄地散去，……
斜晖抹了一笔凄凉！

迎一九三七

又一个鲜明的日子飞来，
半空坠下个天大的痛快，
漫天里飞起庆祝的歌声，
从今日展开忧郁的胸怀。

谁不战栗地结起旧账？
这灾难的昨日竟然挪开，
流完了血泪打尽了抖，
万颗心向着上天膜拜。

孩子疯狂地拍起巴掌，
宇宙画出幸福的诗章，
老人也微微地闪着笑影，
暂且抹掉暮年的颓唐。

这是历史的安插，
今天是人类的启航；
狂涛的大海几时渡尽？
明日更摸着旅途的渺茫。

第三章　血的歌唱

家在松花江上

铁鞭把我们赶上同样的路，
流亡的风帆撑进怒吼的海浪，
千万颗心是千万个悲愤，
你常缠绵无尽地这样歌唱。

我的家在东北松花江上，
那里是所美丽的天堂：
一眼望不尽的肥沃原野，
撒下把沙砾会变成大豆高粱。

春风皱开大地的冰海，
草原披起油绿的衣裳，
村姑在篱旁堆着微笑，
牧鞭赶出成群的牛羊。

夏天是个巧妙的画师，
把大地涂得格外安详。

一场暴雨洒个清新，
黎明去听高粱的抽长。

西风吹红了山野，
芦荻染白了河港，
秋收换来连串的欣喜，
家家充满丰美的金黄。

一夜大雪飘来，
漫天变成银白的平旷，
茅屋里生着熊熊的炉火，
老人讲说着远年的风光。

你的家就在东北松花江上，
那里的确是所美丽的天堂，
但是它已失掉了六年，
铁蹄踏烂了贞洁的胸膛。

风暴的洪流给你一只重荷，
请你抹去眼泪和悲伤，
不愿做奴隶的只有奋斗，
等明天去看你的故乡！

——原载《风雨》第 5 期，1937 年 10 月 10 日。

黄河，我们守护你！

黄河！

我们守护你，

用殷红的

热血，

万众的

头颅；

筑成我们铁的

城墙；

用神圣的正义，

反抗的烽火，

用刀，

枪，

拳头，

去毁灭侵略者的

梦想；

我们为着

民族，

山河，

田庄，

誓死守护着你，

黄河呵！
我的亲娘！

黄河！
我的亲娘，你
大夏的
发源地，
祖宗流血的
地方，
你抚养着
万万个的子孙，
你肥沃了
万万顷的田庄；
我永不会忘记：
春野是幅
美丽的图案；
夏雨
抽高遍野的
高粱；
西风里，
看北雁南飞；
冬夜汹涌着
无边的白浪。

黄河！
我的亲娘，
你是灌溉中华的
血浆，
你是神州的
一只臂膀；
虽说，
你曾经淹死过
千万亩的
金黄的谷；
冲倒过
千万间的
草房，
但如今呵——
却成了黄色的
保障！

黄河！
我的亲娘！
你尽管迸流吧！
我们将用敌血，
染红你的
胸膛；
我们将用敌人的

头，

筑成你新的河床；

黄河！

我们守护你，

保卫你，

永远安康！

——原载《烽火》，1938 年第 8 期。

十里坡

太阳像毒蛇般地盯着脊背，
一步一滴汗地爬着十里山坡，
两面的高山都在炎热里打喘，
黄土路把眼睛照得难堪。

温度连口水都熬得净光，
拔得两腿又疼又酸；
一棵老树就够使人快心的了，
谁想到极高的山顶上，
还有一把天蓝的炊烟。

高山停止了对我的处罪，
那棵老树在风中发响，
树荫下有一个年青的妇人，
在烧煮着过路人的米汤。

她一面奶着孩子一面微笑，
她的笑真比野花还红，
——同志，不喝碗米汤吗？
我没说话便走了过去，
将一碗香甜的米汤喝干。

我擦一擦汗真够凉爽，
那妇人像招呼自己的兄弟一样，
招呼着过往的战士与客商，
她总是很客气地推着不要水钱，
又微笑着拣起人们给她的铜板。

她见我喝完了把碗收去，
我顺便问她的家园，
——俺的家在河南开封府，
去年十月里逃到这边。

——就同这个小孩子吗？
——不，还有一个老爹，
他刚去山沟里挑水，
这孩子他爹，在守着潼关。

——你们真够苦啦！
一天能赚多少钱？
——哎，这算什么呢？
你们打仗不更艰难？
同志，这里山上有柴，
沟里有泉；
现在都打日本啦！

俺老的老，小的小，干不来事，
也只好替你们做点方便，
管什么赚钱不赚钱。

——同志，俺不要你的钱，
请你带在身边，
这时，驼背的老爹从沟里爬上，
没有放下水桶就喊：
——同志，带着吧！

还给钱干啥呢？
我把铜板扔在石头案上，
赶快地接下老爹的重担。

我要去了，
向他们告别，
年青的妇人对我笑着，
老爹对我默默无言；
我转过头来，
向着北方的风帆……

5 月于晋东南，潞城

——原载《改进》，1939 年第 2 卷第 4 期。

血的歌唱之一

人群在炎流里打滚——
一张包着药布的黑脸，
和两只赤着的大脚，
从血腥的破被里突出。

两个留着黑胡子的老乡，
吃力地抬着一根木棍，
如雨的汗珠要他们憩憩，
在一棵大杨树底下放平。

我走过去，
听不见叹息和呻吟，
那个受伤的战士，
正在微笑着，
贪婪地望着大野，
听着河水淙淙。

我悄悄地坐在他的身旁，
他的眼睛连动也没动，
他久久地发痴的望我，

我久久地向他微笑。

他眼里含有一种光荣，
我对他表示最高的崇敬，
用微笑来征服他的沉默，
于是，他也微微地笑了。

我问他：
——同志，从哪里下来？
他指一指白云和岗峦，
——啊！从山那边。

——什么地方受了伤？
——不要紧，在左腿上。
接着，他又反问：
——同志，你要到哪里去？
我也指指辽远的天际，
他顺着我的手指望去，
他的心也像飞向那里。

我们谈着话，
像在他乡逢着故知，
两个老乡催着要走，
我才悻悻地站起。

我望着他那一双眼睛，
眼里像含有依恋的别情，
两个老乡轻轻地将他抬起，
他望望我，又指指翠绿的山巅。

——你要野花吗？同志！
他摇摇头，
黑脸上凝结起焦灼与疼痛，
——不，我太热了……

两个老乡无情地向前挪动，
怜悯使我增加了聪明，
去山坡上折来一枝小杨，
他感动地抱住舒心的凉爽。

我最后向他握一下手，
他只安详地望我一望，
他在小杨枝下闭上了眼睛，
我也转过身来走向远方。

> 5 月于山西潞城

——原载《抗战文艺》，1939 年第 4 卷第 5、6 期合刊。

中国人的血在远东

一

像赞扬圣洁而勇敢的狮子，

全人类弹着保卫真理的歌颂，

——制作战争的蠢货啊！

你们将痴狂地钻进炮筒，

把一切都毁灭吧！

毁灭吧！

毁灭了你们的面包，

你们的人民，

你们的文明。

看啊！在太平洋上，

亚细亚的棕红原野上，

弱小者的拳头举起来了，

那跳出骨缝的青筋，

黑的头颅，

猩红的眼睛，

显示着：

中国人的血在远东！

中国人的血在远东！

这幽暗的一角，

（被人称为没有太阳的地方）

在很久以前，

便失掉了光热，

失掉了反抗，

失掉了魂灵。

真实的史诗，

倒是统治者的帮凶，

它造下一所世纪的囚笼。

这囚笼上贴着：

"孩子们！驯服着性子吧！

命运会评判千万的人生。"

谁敢反抗呢？

反抗会激怒祖父的眼睛；

人们就这样地生活着，

孩子继承着父亲的命运；

奴隶的膝头，

永跪在主子的面前，

像狗一样地挨着鞭戕。

心中的愤怒，

造下了隔世的仇恨，

这仇恨流在血腔，

播在麦田，

播在孩子的心中。

反叛吧！

把拳头一挥，

劳动者描画着，

中国人的血在远东！

这简直是一种稀奇，

东方透出了人类的光明，

弱小者们都狂笑着：

（而且伸出那黧黑而枯瘦的手）

"弟兄们！拉起手来！"

暴戾的魔王们吼叫着：

"扑灭这种火焰吧！

我们要卫护世界的和平！"

"是的！亲爱的！"

这是"文明者"勇敢的答应：

立刻在中国的边境，

东北草原上，

在鸭绿江边，

卷起一股野蛮的暴风。

从那，惨酷的故事，

在飞跃着：

奸淫，

烧杀，

抢，

"文明者"的动作，

拥抱着世界和平，

不知是亲吻？

还是惯〔掼〕交？

在太平洋上，

写着：

中国人的血在远东！

中国人的血在远东！

二

悲惨的史剧在写着，

中国人的血在远东！

壮烈的史剧在写着，

中国人的血在远东！

黎明的史剧在写着，

中国人的血在远东！

胜利的史剧在写着，

中国人的血在远东！

人类的史剧在写着，

中国人的血在远东！

中国人的血在远东！

在远东！

在远东！

在远东！

静静的草原，

静静的河山，

有良善的人，

有肥沃的田园，

这里永写着"气象升平"，

人人闲话着"太平丰年"。

春天里，

孩子赶着牛羊欢跳，

姑娘把野花插在鬓边；

六月里暴雨倾下，

田野里撒下一派新鲜；

深夜里去听高粱的抽长，

心底翻念着秋的明天；

金黄的星子堆满仓房，

饭香吹出了简陋的茅檐；

暖炕上坐着冬闲的人，

狂风雪飞来吧！

孩子摸着爷爷的胡子，

鬼怪的故事伴着清香的烟；

但这一切，一切的美妙，

都变成灰烬，

六年前，
它变成侵略者的狼烟。

六年前，
中国人的血在远东！

谁会忘记那悲惨的开始，
更不会忘记那过去的六年。
逃亡者永在关内流浪，
东北的父兄在家中叫喊。
奴隶的生活，
使他们没了保障，
——拷打，下牢……
种种的酷刑，
熏暗了碧蓝的青天；
年老的父亲遭了枪毙，
病弱的母亲也哭瞎了眼；
肥沃的田地被敌人夺去，
房屋也变成了败壁颓垣；
鸡窝里早没了那群母鸡，
大蜘蛛锁住死寂的牛棚；
邻人们也都失了踪迹，
有的被敌人杀死，
也有的拖起防匪的土枪，

跑进驻扎着胡匪的深山。

东北沦为敌人的土地，

祖国的孩子变得勇敢，

忘不掉的血账燃着斗争之火，

千万颗心抱住一个信念；

草原上驰骋着他们的长影，

山谷里有着他们的野店，

侠性的队长像是弟兄，

有吃的大家来吃，

没穿的大家偎着御寒；

东北那地方有

成年化不尽的冰雪，

东北那地方有

龙盘虎踞的危严，

凭着天险开展他们的力量，

山林队、胡匪、义勇军……

民族的仇恨使他们携手，

使他们站在一条战线。

爱国的儿女有的作了牺牲，

反抗的刀枪也染上敌血斑斑，

六年的奋斗壮大了自己，

也招来了祖国的抗战。

六年，

红的六年，

猩红的六年，

一九三一 —— 一九三七，

中国人的血在远东！

中国人的血在远东！

三

一九三七年七月，

远东卷起反抗的暴风，

这暴风，

打破了敌人的阴谋，

汉奸托匪，

也不能得逞；

这暴风，

团结了千万的人群，

为祖国，

为民族，

谁还顾什么苦难牺牲。

全人类都在吼叫了：

中国人的血在远东！

中国人的血在远东！

在远东！

在远东！

在远东！

烽火燃焦了棕红的原野，
遍地都是杀敌的呼声，
英勇的将士写着壮烈的诗篇，
平型关、"八百壮士"、台儿庄……
将是我战争史之空前，
将是中华民族的光荣。
农民的动员更是庞大，
把田地交给妻女，
扛起生了锈的刀枪，
参加正规军，
参加游击队，
参加自由解放的斗争。

整个的中国大地在动荡，
每个人的手里都有刀枪，
不愿做奴隶的人们，
结成一支支的队伍，
活动在敌人的后方；
粗笨的手也学会瞄准，
一颗子弹射出一个"入你娘！"
消耗战争，
游击战争，
运动战争，

疲困着敌人，

打击着敌人，

战争在踏着平静的东方。

战争开始了，

战争壮大了，

从卢沟桥，

从黄河，

从长江，

整个的原野在动荡。

战争惨酷了，

战争悲壮了，

我们的血，

从松花江，

从黄河，

从长江，

流遍了大地，

流遍了山川，

整个的原野在动荡。

伟大的一九三七年，

中国人的血在远东！

战争中，

中国的原野，

一样有春天，

春天时遍野春耕；

一样有夏天，

夏天时绿浪乘风；

一样有秋天，

秋收时女人当男；

一样有冬天，

冬来了，

男女一齐出走，

游击到深远的山中。

一年过去了，

战争仍像烈火在燃烧，

仍像海涛在汹涌，

为解放，

为和平，

抗战是一匹勇敢的狮子；

它是全人类的彗星，

它是弱小者的洪钟，

战争！

战争！

用战争来消灭战争！

用战争来争取胜利！

用战争来争取光明！

太平洋在呼啸着：

欧洲在呼啸着：

亚洲在呼啸着：

全人类在呼啸着：

中国人的血在远东！

中国人的血在远东！

在远东！

在远东！

1938 年 9 月于山西岢岚

——原载《战地动员半月刊》，1938 年第 1 期。

家住在河北草原

—— 一个逃亡人的答客问

像一支刺针透进我的骨缝，
心底翻起那生了锈的黑花，
先生，你应该承认这是罪恶，
为什么在流亡人面前，
偏偏问起这些话，
你觉得我的形迹可疑吗？
这儿是个重要的岗卡？
你觉得我有汉奸的嫌疑，
那你就尽量盘查，
要不就是个诗人，
诗意抽去我身上的风尘，
你也许是个良善的家伙，
燃烧起人道主义的怜悯，
也许你是个流氓或强盗，
想要夺去我这只胡琴，
但是，你应该承认你的罪恶，
它摧伤了我的旅心，
先生，谢谢你，
请你坐在这儿吧！

静静地，

像那天边的一片白云，

听我唱起我的诗！

听我拉起我的胡琴；

先生，我的故乡就在山那边，

（我遥指着那辽远的天边）

家住在河北草原。

× × × ×

你到过那美丽的地方吗？

告诉你，

那里，

没有这样的秃山，

也没有这样瘦瘠的土原，

没有这样荒凉的小村，

更没有这寂的空寰，

那里的美丽，

藐视着全世界画家的笔锋，

那里的美丽，

永朗诵着自然伟大的诗篇，

喂！你觉得奇怪吗？

那你静静地听，

（像天边的白云一样安静）

我在那草原上，

像一匹疲惫的老马，

从滹沱河到黄河边，

拉着我的胡琴，

或敲着我的铁板，

嘴里唱着"大江东去……"

流浪了五十年，

流浪了五十年。

×　×　×　×

你真的没到过那地方？

那你静听着我的歌声跳荡。

先生，它曾荡遍了整个的草原，

也荡遍了偏僻的大小村庄。

我曾在茶店的深夜，

伴淡着酒醉的脸膛，

也曾在细雨的黄昏，

用胡琴抠着寂冷的古巷，

寂寞的日子磨着寂寞的心，

把希望投给无边的流浪，

楼头女曾给过连串的巧笑，

孩子在背后学作我的怪样，

乡村的狗接我来，

又送我去，

碧海的风帆，

从一乡送到那一乡。

我走来，走去，

整天地流浪，

整天地唱。

先生，你要认识那草原吗？

别忙，

我对它最熟习，

它生育了我，

它成长了我，

它是我永不忘记的亲娘。

× × × ×

那地方是这样的美丽，

请静听着我的歌唱，

（你不要去凝神那片白云吧！

要像白云那样的安静）

河北的草原是我的家乡，

它是我永不忘记的亲娘，

春天的温流吹开大地的冰海，

遍野翻起无垠的绿浪，

健壮的脚板跳着大野，

耕牛翻着紫黑的泥壤，

村女把粉蝶扑过了短墙，

蛮孩子赶着成群的牛羊，

红泊泊的田野像是洪涛，

农村闪着沉暗的绿光，

一场春雨一派清新，

春流急催着禾苗的抽长。

六月里是一渠火流，

人们咒着毒热的太阳，

谷豆地里喘着粗短的气，

瓜棚放着过路的客酒。

肥大的蝈蝈噪来秋凉的风，

遍野晃着血红的高粱，

炎日下细听豆荚的爆炸，

黄金的星闪着人群的希望，

柳枝的碧黄抹着乡村的脸，

孩子揩起塞满草禾的柳筐，

九月里家家开满菊花，

太阳照着新糊的亮窗，

墙角下滚着取暖的孩子，

青年女人赶做着过冬的衣裳，

一场北风飘来三尺大雪，

谷壳子烧暖了土炕，

冬闲的农人剥着紫红的棉桃，

妇人撑着纺车嗡嗡的响。

先生，草原上永飘着季候的风，

草原上有着我的故乡。

× × × ×

先生，你还要知道一些草原上的故事？

那么你仍然沉默着吧。

像那天边的一片白雪，

记得我曾走过许多这样的古城，

路灯记住凄冷的黄昏，

嘎哑的胡琴拉过了大街小巷，

远处飘来卖麻花的声音，

"卖糖麻花——啦！"

夜风像一只无情的鞭子，

抽打着我那流浪的心。

我有时被拉进幽暗的胡同，

"十八摸"换来了一把锈铜，

有时被请进少女的高楼，

胡琴拉着情意缠绵的丁铮。

老人面前唱着先贤的赞诗，

壮年人喜欢听我的"薛仁贵征东"！

记得我走过许多这样的村庄，

街角上我拉起了胡琴，

女人依着篱门不敢近前，

孩子围满了我的周身。

一段嘶唱虽挣不了许多钱，

但我爱那些朴实的人，

我常常逢到侠义的志士，

（先生，我告诉你，那是燕赵地方）

大路旁泪别着旅心的知音，

我打滹沱河走到黄河边……

生命抱满流浪的风尘。

我知道你一定要问：

我为什么离开那美丽的地方？

越过了那岩峻的太行？

家乡的风景如今怎样？

是不是也在战争？

炮火在洗着草原的绿浪？

先生，我的琴音开始抖颤，

草原已没有那往日的风光，

肥沃的大地遭了酷劫，

敌人的铁蹄

踏上了草原的胸膛，

农村都炸开人世的黑花，

棕红的土地渗进了民族的血浆，

崭新的栊门成了敌人的炊薪，

家畜的骡马也遭了杀伤，

再没有公鸡在墙上嘹鸣，

草原上也看不见孩子的笑影，

更看不见成群的牛羊，

从此这田园里一片荒芜，

杂草挡住禾苗的生长，

凶毒的火把烧着整个的河北，

大野里写着悲惨的血账。

战争带去人们的积贮，

眼泪串着财产的损伤，

油漆的大门掉了一扇，

屋里捣翻了紧锁的衣箱，

西房变成乌黑的灰烬，

枪托捶碎淹着萝葡①的酱缸，

年轻的女儿遭了轮奸，

尸体浴着猩红的血浆，

老迈的爸爸死在墙角，

院里像是待沽的破烂商场，

东邻家八口都遭了屠杀，

西邻家没留下半间草房，

人世间的残酷，

连麻雀都蹦飞了，

敌人去了一切空，

只留下一件奴隶的衣裳。

---

① 编者按：萝葡，系"萝卜"的旧称。

先生，到如今河北沦亡了一年，

三千万人熬着同样的难，

田野里收不来丰美的粮食，

城里却催着完粮纳捐，

瘦弱的人群只有一把骨头，

哪还有供奉苛杂的金钱，

李老四为着抗议遭了枪毙，

读书人周强也下在南监，

黑暗的日子是条粗大的毒蛇，

昼夜缠着抖悸的碎胆，

旧日的劣绅进了县城，

地痞流氓都成了汉奸，

朴实的农民受着敌的欺压，

征壮丁去打中国人，

征少女去做皇军的夜伴，

这些事我都亲眼看见，

只因为我年老没有遭灾患，

但是我的胡琴，

变了音调，

变成奴隶们的叫喊。

先生，我为着活命，

为着播唱那美丽的草原，

我离开了河北，

越过了那太行山。

先生，你怪我吗？

为什么紫瞪起你的眼睛，

我告诉你，我的逃亡

并不是为着苟安偷生。

我因为年纪太老，

不能去与敌人拼命，

只好携着胡琴和铁板，

走遍中国的内地和边境，

但是，我不忘记我的家乡，

我要把草原上的故事，

唱尽我的余生，

唱出世界的光明，

唱出全人类的和平，

河北的草原仍然存在，

河北的草原展开了斗争，

三千万人都在咆哮，

青年的都走向革命，

全世界都知道，

黄河的子孙强悍，

农民掀起了杀敌的暴风，

草原上不再从碧绿变成焦黄，

草原上，

永是斗争，

永是鲜血红。

× × × ×

先生，我的诗篇已将唱完，

你细听我最后的一段：

这一段是写着河北怎样斗争，

斗争怎样在草原上开展，

经验告诉了草原上的人，

游击战争不一定靠山，

老百姓便是他们的峰峦，

扛起锄头便是农人，

担起枪来便是游击队员，

高粱叶里安排着突击的队伍，

趁黑夜去打敌人的城关，

道路的藩篱能迷惑敌人，

村镇稠密是他们的方便，

受了伤的战士有村民救护，

儿童妇女作着灵动的侦探，

斗争的经验，

使他们认识了自己的力量，

斗争的教训，

使他们日臻健壮，

血的斗争在河北草原，

血的斗争在河北草原，

先生，我对不起你，

我的歌唱非常平凡，

但我将用这平凡的歌，

从华北唱到中原，

从中原唱到云南，

我像从前一样流浪，

每天抱着我这胡琴和铁板，

我想从后方唱到前方，

唱给受了伤的弟兄，

唱给英勇抗战的兵官，

我的题目是：

家住在河北草原，

家住在河北草原，

先生，你这是干什么呢？

（你是不是疯了！）

我的歌唱不再攒钱，

我是为民族，

为国家，

为那河北的草原，

唱，唱，永远地唱，

唱到那光明胜利的一天。

——原载《战地动员半月刊》，1938 年第 2 期。

因为我们是前哨

看！月，低着头儿暗泣，

星，闪烁着冷眼，

树影摇晃着如幽灵一般。

听！风，打着岗哨，

夜莺的悲啼，

远远传来的几声犬吠。

啊！四周密布着可怕，黑暗，

——吃人的黑暗——

但是我们不怕，挺着胸，荷着枪，

在这黑海中牢守我们的岗位，

因为我们是前哨。

我们不能忘记了，我们的家乡怀抱着：

慈爱的爸爸妈妈，

幼小的弟弟妹妹，

祖宗，先烈的坟墓，

美丽的山庄，田园，

这可爱的家乡，

岂容敌骑闯入纵横？

一条命，一支枪，

在这黑海中牢守我们的岗位，
因为我们是前哨。

我们莫负了：
健强的身子，
伟大的使命。
坚持罢！光明之神总会到来，
黑暗总有消失的一天。

　　——原载《前哨（龙游）》，1939 年第 1 卷第 2 期，署名
"羽白"。

土龙凹里的洪流

八月的风，

把土龙吹黄了，

太阳，

像母亲的手，

拂荡着麦浪，

麦浪低头，

有山雀飞，

有牛羊，

有壮丁割着大豆，

有拔草的赤臂姑娘。

这里是土龙凹，

有水，

有树，

他们就在这里生长；

这里也来过×人，

×人付给他们

一笔血账：

破旧的家具，

都成了灰烬，

几间茅屋，

也遭了火伤；

但，这里的人们，

并没有走，

没有到他地流亡。

×人的惨酷，

使他们睁大了眼睛，

眼睛里不是泪，

有的是愤怒，刚强：

"狗×的，

游击去！"

黑健的肩头，

挎上刀枪，

从此，这里有了组织，

自卫队，游击警察……

村头上也布上哨岗，

惊觉地在盘查着

过路人，

×探，汉奸，

都漏不了网。

土龙凹里起了洪流，

听！早晨，傍黑，

麦场上，

飘来铁的步伐，
飘来雄壮的歌唱。

×人再不敢进攻，
只守着朔县城，
把汉奸放出来，
侦察端详。
但是，这洪流一天天泛滥，
游击战术，
使他们加强了战斗力量，
月夜里急行前进，
神圣的任务，
使他们忘记了冷露寒霜，
秋禾间的虫鸣，
奏着大野的音乐，
小心着脚下，
石子会把你磕伤。

经验告诉他们：
×人在夜间不敢出城，
城头上也没有人影，
遥旷的平原是一片月色，
远处，
飘来一两响枪声：

波落——波落落……
过后，仍是寂静；
铁的步伐仍向前推进，
城底下可以自由走动；
把炸弹扔进城里，
轰！轰！
×人从梦中惊醒，
他们不敢下床，
更不敢下令追赶，
只叹一口气：
"妈的！游击队，
到底无法肃清！"

电线杆远远地列着，
夜空里像有五线谱，
响着清脆的声音；
这时，也许还正在说话，
×人哪里想到，
山腰间，平原里，
游击队在加紧活动，
电线被割断，
发出一声怪响；
把电杆砍倒，
拉到山沟里一丢，

叫狗×的找不到踪影。

他们也去破坏铁路，

斧子锤子敲打着铁轨。

铁轨爆炸着火星；

腐朽的枕木，

飞着细碎的木屑，

一会儿便成了大功，

铁轨拉在一旁，

枕木下挖了丈把深的窟窿。

这事情破坏了，

×人的交通，

也与"爱路会"的百姓①，

造下遭受××的因种；

往往，"爱路会"的守路人，

也一起破坏，

月亮落时，

大众加入了游击队，

奔进了土龙。

土龙里，

---

① 原诗注：在沦陷区各村，×人组织了"爱路会"，叫村民去看守着汽车路和火车路，一旦被游击队破坏，×人便屠杀当地村民，所以，村民常常一同与游击队破坏了汽车、道路，而加入了游击队。

有他们的家，

家里有筱面地蛋①，

也有老婆孩子和牛羊；

八月的风，

把土龙吹黄了。

洪流，

一天天泛滥了，

"游击去！"

白天里弄秋收，

夜里便离开家乡，

他们的生活，

便是这样，

这样的生活，

使他们快畅，

他们再不想吸大烟，

赌博，

找女人，

他们永远爱着刀枪。

刀枪使他们快乐，

使他们心跳，

血沸；

---

①　原诗注：晋西北的土产，筱麦与小麦差不多，质劣，性凉。地蛋是山药蛋，这两种东西，为老百姓主要食品，这里是没有小米和白面的。

使他们知道了斗争，

使他们懂得了，

自己的力量。

八月的风，

把土龙吹黄了，

把斗争吹进他们的胸膛，

"走"

一，二，三，四……

歌声和着步伐，

"我们都是神枪手，

每一个子弹消灭一个仇敌，

……"

远了，

远了，

庄头上，

女人，孩子，都笑着

笑送着丈夫爸爸走远了，

他们的脸前闪耀着：

"黎明的归来，

带来天大的胜利！"

1938 年 9 月 10 日，于山西岢岚

——原载《大公报》，1938 年 12 月 29 日；《大公报（香港）》第八版 1939 年 6 月 5 日重载。

河水谣

河里水，
哗啦啦，
转来转去没有家；
穿红裤的女人正淘米，
放牛的孩子来问话。

"大嫂啊：
河从哪里来？
河从哪里去？
为啥不用它来浇地，
水浇麦田苗儿发。"

"小哥儿，
会说话，
百灵鸟儿赛嘴巴；
你不看，那群人，
正在河滩干甚么？"

他一看，真不错，
张大叔，李三娃，

一铲一铲用力挖。
挖开一条渠，
省得拜天求菩萨。

河里水，
哗啦啦，
流下水来有了家；
家在麦田里，
家在麦根下。

麦根下，搭了窝，
顺着麦根向上爬，
春天一来麦苗长，
多打麦子富国家，

富国家，一枝花，
好抗战，两枝花，
打走鬼子三枝花，
中国解放哗啦啦……

——原载《不死的枪》，华北新华书店 1947 年 7 月出版。
后入选《冀南文学作品选》，刘艺亭、宋复光主编，河北教育出
版社 1989 年 12 月出版。

二月春风吹

一

牝牛踏着湿软的土地，
田野正是春雨黄昏。
二月的晚风吹着她的牧鞭，
少妇吁吁地叫着，
沿着沙河走向自己的村。

三年的日子有万丈，
流不尽的眼泪像河淌！
她记住了仇人李二霸王，
夺去她的土地和她的夫郎。

现在，李二霸王随了"皇军"，
乡下有三顷地没人养种。
庄稼人谁敢去太岁头上动土？
前天村里来了两个八路军。

敌伪像毒蛇一般吞人，
八路军才是人民的救星！
冀南新钞流进了女人的衣兜，

村里人谁个不是满面春风？

她家里也住过八路军，
那人说话响亮，身材英武。
村里的公平负担靠他操办，
人人都说他聪明能干。

她暗地把他比做丈夫，
脸红了又骂自己糊涂。
痴心人常是自作自受，
她不肯对着别人倾吐。

像是白云掠过晴空，
她的心田又复平稳。
但她忘不了那个八路，
抗日救国也记得更深。

二

九岁的林小只贪玩耍，
总不肯打柴割草。
偶尔锅底下断了炊烟，
炕角里低泣着爷爷
她就埋怨男人死得太早。

常家的天灯挂上青松①

牤牛踏碎了河面的宁静，

心上的旧事越理越乱，

晚风吹来远处的羊铃。

朝向夜的那边打个呵欠，

小心地把嘴脸躲开红灯。

鞭抽牲畜并没有仇恨，

却是抽她心底的苦情！

相信命运会苦了许多女人，

而她从不求饶于命运，

邻舍间都说着她的命苦，

她却答以尖苛的教训。

十字路口逢见爷爷，

她一边摸着牛背一边说：

"村里均分了李二霸王的土地，

咱又分回了咱的坟地。"

他将烟袋往肩头一搭，

便踉踉跄跄地奔去。

---

① 原诗注：河北乡村的一种风俗。

一朵红花炸开在心坎，
沙河唱歌似的奔流。
仇恨的火苗没有梢，
忧凄的日子倒有头！

五亩坟地是祖宗的血汗，
三年前被李二霸王夺去。
强暴的霸占气病了丈夫，
他一病再没有站起。

刚刚走过关帝爷庙，
一条白光闪在眼前：
"站住，哪一个？"
晚风吹着红缨打颤。

她心里暗地里在笑，
放哨的正是九岁林小。
红缨枪高过林小三尺，
他的神气却比山还高！

她转过一片枣树林子，
有女人们在碾谷皮。
她和她们搭讪两句，
便悄悄地向着家院走去。

三

大路上走着年老的爷爷，

满身像有烈火在烧，

快乐的火星无尽地笑，

他仿佛走向幸福的仙岛。

吸了一袋烟又一袋烟，

今天吸着比昨天的甜。

归来的土地二月的风，

他要到田里去查看。

爱土地有如爱子女，

他走起来比风还快，

一颗心比二月还温暖。

春风吹着鼻头上的汗，

心海也像春风一样喜欢，

过分的兴奋催出眼泪，

犹如慈母盼到浪子的远归。

四

村里应分配李二霸王的土地，

去年冬天就有人酝酿；

但是总也没人出头，

都怕得罪了李二霸王。

村里富人和李二霸王勾通，
他们要租种那些土地。
贫户一听说红了眼睛，
农会主席便召集会议。

村公所里展开了斗争。
富人的代表说：
"这是李家的土地，
李家有权利租给我们。"
这句话激愤了贫户，
激愤的农民像一窝蜂。

"有地的再租地，
把穷人都饿毙？
贪啃①的王八蛋，
不怕一家伙撑死！"……

那家伙被激得两腮发抖，
他红着眼睛拍着胸膛：
"我有钱，就能租地。

---

① 编者按：啃，原版为"啃"。后编入《冀南文学作品选》时，编者改为
"嘴"，今仍从其旧。

李家总不能白白地送你。"

突然墙角里跳出林小的爷,
他撅着胡子指着那家伙说:
"汉奸的财产就得没收,
你要是反抗,
我们就要按汉奸办你!"

全场人都挥着拳头吼起,
这吼声像是六月的雹雨,
雹雨打倒了白草,
那家伙狼狈地逃去。

二月春风吹来了清新,
二月春风吹来了八路军,
八路同志穿起挂红缨的草鞋,
林小娘的脸上也飘满红云。

八路军召开个村民夜会,
大家议决把汉奸的土地均分。
林小的爷分回了他的坟地,
散会后便高兴地跑向田里。

五

月亮静静地照满庭院，
少妇趁着月光缝纫。
无知的林小早已入梦，
只听得嗤嗤的拉线之声。

她缝着最后的一只鞋子，
心灵轻似落叶飘空。
她恨自己不会打双草鞋，
将心意寄语在那缕红缨。

杂乱的思索使她发怒，
用针尖来刺自己的额角：
丈夫的恩爱如同大海，
丈夫的恩爱如同山岳。

丈夫死时同她倾过衷心，
一声一句仿佛仍在叮咛。
"我死了你莫要悲伤，
好好地将孩子养成。"

院里响起一脉脚步，
听脚步知道是爷爷归来；
他没有走向自己的睡房，

却将盛着杂物的西厢推开。

从西厢里拉出犁耙，
趁着月亮把它们修理，
南棚里的牛拖着白沫，
像在倾听主人的欢喜。

六

月亮已经斜过西墙，
院里没有了半点动静，
她收拾起作好的鞋子，
心里感到多少轻松。

她不是在想那个八路，
也不是在想她的亡人，
勤苦的爷爷感动了她，
爷爷是个可爱可怜的农民。

院里吹着二月的夜风，
少妇走到爷爷的窗下倾听：
"啊——他睡着了。"
睡得何等安稳！……

天没亮他们就把农具弄好，

牝牛静静地站在院里。
无边的怨愁去个净光，
生活又从今天算起。

牝牛负着犁耙走去，
村外吹着二月的暖风。
她用鞭子抽着发绿的大地，
东方涌出了太阳的血红。

1940 年 3 月于冀西

——原载《不死的枪》，华北新华书店 1947 年 7 月出版。后入选《冀南文学作品选》，刘艺亭、宋复光主编，河北教育出版社 1989 年 12 月出版。

拦牛人的故事

荒山荒得不长一棵树木，
荒草萋萋在风鞭下哭泣……
瘦牛群里坐着瘦人儿小银，
仿佛沉思又仿佛望着荒山叹息。

不管是冰雪还是阴雨，
拦牛的号角呜呜吹起，
他早晨将牛群吹上荒山，
黄昏时又将牛群吹下山去……
雪夜里，他对我讲出他的故事，
他原籍山东，祖父逃荒来到这里，
生活的担子使祖父执牧鞭，
这鞭子又递到小银手里。

这鞭子抽过祖父、父亲和他的脊背，
祖父的坟墓在那荒山上淋着风雨，
年老的爸爸病倒在冰冷的草房，
他开始遭受牛主人的恶毒的言语。
直到如今他还遭受那些责骂，

但另一股仇恨却紧紧地压在心底，
去年春天东洋强盗打来，
多灾的母亲第一个被强盗们杀死……
几次想去当兵没得到的允许，
爸爸叫他永远望着荒山叹息。
五月的季节正是鲜花血红，
他把民军抛下的一颗大枪偷偷地
埋在土里。

严寒天，强盗又骑着鬃红大马走来，
人民都逃向荒山里去，
夕阳下画出大马的瘦影，
拦牛人坚定地坐在瘦牛群里……

强盗走后我又回到了这个村庄，
推开窗子只见荒山不见了小银，
房东老人讲完小银的故事，
荒草萋萋在风鞭下哭泣……

"那一天小银作了英勇的壮举，
打死了八个敌人，他也被敌人活活烧死，
他的爸爸将他埋在祖父面前，
那只牛鞭和小银埋在一起……"

　　——原载《华北文艺》，1941 年 5 月 1 日创刊号。后入选
《冀南文学作品选》，刘艺亭、宋复光主编，河北教育出版社
1989 年 12 月出版。

归 队

李家庄，

背靠山，

山下流河水，

山上种良田，

田间的麦苗青又青，

雾烟腾腾天已晚；

老头儿，

吸着旱烟管，

一、二、三、四——

小孙孙数着星星玩。

"爷爷：

你看呀——看！

那边来了个男儿汉。"

那男儿汉呀！

胳膊粗，

粗得像牛腿，

肩头宽，

量量足有二尺半。

他身挑两捆柴，

腰挂一把镰，

谁家的哥哥这样壮呀，

谁家的哥哥下了山？

老头儿，

见那汉子走得快，

心里暗地在称赞，

一句话，

还没说出口，

汉子已经到眼前：

他一看心里凉了多半截，

"呸！"

原来是那个逃兵李老三。

小孙孙，

看着李老三，

拉住爷爷的衣角

团团转。

"爷爷——爷爷！

奇怪啦！

他平时游闲，

今天上了山，

我去问问他，

太阳怎么从西边露了脸？"

小孙孙，瞪着小眼睛，

拉住李家的哥哥问长短：

"李三哥，李三哥，

你打了这多柴，

要卖多少钱？"

"不卖，不卖，"

他站住脚，摆摆手，

心里有点不耐烦，

"你家要买柴，

去找那个二红砖。"

"不，不，不，谁买你的柴。"

他撅着小嘴跳着小腿，

"我要问问你，

平时好游闲，

怎么今天上了山？"

李老三听完笑哈哈，

他放下柴来拉住小娃娃，

"我游闲闲游再游闲，

对不起民族国家和祖先，

打些柴来快安家，

我就远走高飞啦！

飞啦！飞啦！

一飞飞到前线去，

回来的时候，
给你买个皮老虎，
给你买个泥娃娃。"

"李三哥真的归队去，
我也不要皮老虎，
也不要泥娃娃。
等你打败鬼子回了家，
挎着盒子骑洋马。"
"好好好，妙妙妙。
我明天就走了，
我去打鬼子，我去放大炮，
回来的时候骑洋马吹洋号，
你看咱李三好不好。"

这时候，星星满了天，
老头儿急忙走到村公所，
发动村里人，
欢送李家的哥哥归队去，
欢送李家的哥哥上前线。

——原载 1940 年冬创刊于冀西游击区的小型诗刊《山川诗歌》。后入选《冀南文学作品选》，刘艺亭、宋复光主编，河北教育出版社 1989 年 12 月出版。

麦田里的骑者

夕阳落进草原，
田野和村庄都披上金衣，
一个骑红鬃马的
来自异国海岸的战士，
缓缓地向着夕阳走去。

破旧的皮靴像有拖不动的沉重，
钢盔扣着他满怀的忧郁；
他的伙伴也失掉了
在岛国时的胖美，
也像在忧愤着这无尽的服役。

一个抱小孩的少妇走在前面，
慌张地扭动着她的双腿，
他突然感到一种刺激，
便轻轻地将马刺一揢，
马便微啸着赶去。

威吓的言语喊住妇人，
惊恐遮不住她的羞意，

小孩懂不得什么害怕，
却在母亲的肩头微笑着
鉴赏他第一次的奇遇。

来临的并不是狂风和暴雨，
都是奇怪的温存和爱意，
他将小孩抱过来吻了又吻，
临走时像有说不出的痛楚，
泪珠里映满岛国的美丽……

皮靴沉重地踏着麦田，
土地上滚着脱壳的麦粒，
他的伙伴跟在背后，
尾巴随着晚风微微扫动，
暮色里只听得麦穗的叹息。

突然田野里一声枪响，
一条黑影倒下又复沉寂，
凄冷的月亮走上原野，
悄悄地探问骑者的忧郁，
他的伙伴没受半点惊动，
拖着缰绳，踽踽地
向着深灰的麦浪走去……

——原载于《抗战生活》二卷二期，1940 年 5 月 15 日。后入选《冀南文学作品选》，刘艺亭、宋复光主编，河北教育出版社 1989 年 12 月出版。

咱们快要反攻啦！

—— 一个东北孩子谈的故事

已经十年了，
是大雁南飞的时候。
又记起了：
我那些水旁边的家，
和那白了头发的妈。

听说：
放马的人
都背起枪来啦。
在那白云底下，
像追野狐狸一样地跑呀！

那些叔叔哥哥们：
——把胡子熬白了的，
干着或死了的，
都还年轻地活在我的心里，
活得像火一样的跳啊！

那些包红头巾的姑娘们，

还是那样好哭吗？

或是跟男子一块上了山哪，

我炼得像一匹牛犊了，

枪把肩膀磨出了血，

像幼时姑娘们赠给我的那样一朵花。

今年的高粱米收得好吗？

我快要跟着

咱们反攻的人马回家啦！

哥哥叔叔们！

好哇，不要忘掉呀，

多准备一些，

那样又香又甜的高粱呀！

……

——选自《冀南文学作品选》，刘艺亭、宋复光主编，河北教育出版社 1989 年 12 月出版。

附载一　　诗歌存目

诗集《天桥》

　　1937年由天津海风社出版，为《海风丛书》的其中之一。

　　海风社是现代文学社团。活动于抗战前的救亡运动之中。主要社员有邵冠祥、罗诗汀、徐寿云、张秀亚、锡金等。该社1936年10月在天津创刊以发表诗歌为主的文学刊物《海风（诗歌小品）》，共出8期。编辑了一套《海风丛书》，王博习的《天桥》是丛书之一。该社曾与全国其他 13 个诗社成立了"中国诗歌作者协会"。

非常遗憾的是,经过几代人、多年的搜寻,仍没有找到诗集《天桥》。根据邵冠祥所写诗集序言,可知《天桥》中至少有以下诗歌仍未找到:

《农村的春》

《夏雨》

《炎流中》

《故乡》

《夜贩》

《放工》

《母亲》

……

《天桥》序

邵冠祥①

　　一个人的作品应该他自己最为了解，就像母亲对于她的孩子一样，有什么毛病习气当然较旁人知道，然而为了虚心，把自己的剖断力放不下心，于是见了人总得怀疑似的问问，这原是好的动机。然而回答的人常成不关痛痒的敷衍应酬，原因是他没去抚摸过内部的裸体，所见到的只是一些迷离的外像。

　　所以我的意思，作品的优劣最好能由作者自招口供，别人写的序言，只是一些私见，参考则可。

　　在北方写诗的许多年青朋友里，博习是其中的一个，他是河北人②，写的诗也如他的为人，朴实而勇敢，完全保持着北方人的特色，不虚浮，不叹息，不骇怕，这伟大的三不主义，便是他诗的特点。

　　博习现在有机会把几年里积下的诗收集起来，他和我商量集子的名字，还要叫我写一个序，其实他的诗差不多我都早读过，要我说一点意见当然不成问题，先是因没有时间，后来又愁写坏了辜负作者的热望，不宜马上动手，一耽误就几个月的

------

　　①　邵冠祥（1916～1937），江苏宜兴人，抗战前在天津求学。进步青年文学社团天津海风诗社的主要组织者，创办《海风（诗歌小品）》刊物，宣传抗日救亡，被日本帝国主义者绑架杀害，时年21岁。著有《风沙夜》《白河》《晚集》三部诗文集。

　　②　编者按：原文误为山东人。

工夫，我仍然没想出如何写比较合适。

《天桥》这些诗里，它飞舞着恐怖的阴暗，作者刻画着一些酸辣味人类生活的反照，在这社会一角，躲满为饥寒流亡的人群，他们只是本分地哭泣忍受，毫无办法挣脱这苦难的境界，可喜的是作者没有犯嬉弄文字堆集的游戏，他知道诗歌应如何去给社会有意义的效用，这里不是一连串硬直的惊叹号，而像一条河流，把人生的悲态无停滞地抒发出来！

博习写农村的诗，因为他从农村饥荒的洪流里出来（旱，农村的春，家信，夏雨，炎流中，故乡等）；他写都市，因为他在都市的角落里为生存而挣扎（天桥，夜贩，放工，贫民窟等）；在"自己的歌"里他这样地写着：

> 但只有我自己，
> ——摇荡在都市的边上，
> 整年价在阴暗里喘息，
> ……
>
> 云雾里跨过城市，
> 风雨里跑过村庄，
> ……
>
> 我像是一个漂泊的国王，
> 潦倒又荒唐，
> 永远地流浪！流浪！
>
> ——《自己的歌》

　　因为自身的流浪，而体味到流浪人的悲哀，于是他写出"退伍兵""流浪人的歌""不如归去""家信"等，这许多诗篇，不但题材上能使人引起共感，他用着真实的情绪，流唱出来，为着他生活在大家群里，而采取大众的题材，那是最合适不过的。

　　这里我还要特别提出来告诉喜爱博习诗的同好，《天桥》里有着许多新鲜美丽的句子，不但清新，而且泼健，如：

　　　　脊背上决一万条山泉

　　　　　　　　　　——《天桥》

　　　　生活是一条污浊的河流

　　　　　　　　　　——《酒店里》

　　　　浊臭的河水发着绿泡，

　　　　闭门的茅店没了笑声。

　　　　　　　　　　——《旱》

　　　　灾难里熬白了头发，

　　　　一生喝着浓重的苦药。

　　　　　　　　　　——《母亲》

　　如果作者冒险一下，别老穿着青布大褂，在字句方面再加一点修饰，我想除了那些戴金脸具的人指说"形式""形式"而外，便是一点没有毛病的完人了。

　　　　　　　　　　　　　　3月1日

　　　　　　——摘自《海风》1937年第5、6期合刊。

长诗《指甲》

　　王博习创作了当时冀南的第一首长篇叙事诗《指甲》。诗篇记述一个被俘抗日干部被敌人押进牢房。这位被囚在土牢中的抗敌斗士，怀着一颗必胜的信心，在没有任何工具的情况下，经过不懈的艰苦努力，用指甲划动并抠开囚室的坯缝，终于逃出虎口回到根据地，上演了一场中国式的胜利大逃亡，出色地表现了边区人民顽强的斗争意志。长诗的人物刻画细致入微，故事情节叙述得生动感人，具有相当强的艺术感染力。王博习的诗显示了他较强的语言运用能力，和"五四"以来新诗艺术的丰富素养。他的诗朴素清新，轻快活泼，既讲究词语修饰，又追求口语的自然生动，整个诗篇洋溢着青年人的朝气，给人一种蓬勃向上的艺术感觉。

《七 月》

发表在冀南文总、冀南文艺研究会创办的，由王博习主编的《新文艺》上。

附载二　其他作品摘录及存目

文艺碎语

一、关于大众诗歌

自五四运动以来，诗歌是中国文坛上的一种变化最急剧的艺术。所以由社会的改革，作者的企图，从大众文学而产生大众诗歌了。

大众诗歌是把诗歌当做宣传主义的工具之一，他们并不是为创作而创作，是为主义而创作，所以他们的口号是"让他们去呻吟恋爱的愁闷吧！让他们去呼叫生命的烦恼吧！我们要歌诵饥饿的风暴的伟大的时代"。且住！让大家想：创作东西也要有个轨线吗？有轨线是不是束缚？申论之，你如果是个被恋爱和苦痛生活的压迫者，我想你如何也不会去与伟大的时代咆哮；最低限度说：你的感情要从愁闷和烦恼里流露出来，这所谓流露，才是艺术"真"的表现。如是，才不愧那创作的使命哩！

二、艺术与文艺

艺术是个抽象名词，文艺是艺术里的一个分子，这分子的原质是永存在人类的生命与心理中。原始时候的衣食住，是没有系统的，没条理的，在他们那粗暴和野蛮的心理中，怎会发掘出"美"的艺术之花？而文艺却正在萌芽（哼哼无意义的调子），所以我说："文艺是艺术的根源。"

三、文艺的情绪

每个作者的情绪，是那美的文艺的实质，而他们的文思和诗意，是在任何的时候都会发生，并且又那样的微妙而倏忽，宛然像那倚门的少女，逼近去便消逝了，所以常常将好的意境放过去，徒然拿着笔儿沉静。我想：凡是做文艺的人，哪个也尝过这种"追之不及"的滋味吧！

四、作者与读者

作者的描写文艺，是来发表自己的经验和认识的；读者的鉴赏文艺，是来启发自己的感应和共鸣的。如果这篇东西使人读之若无所感，那么它无论是什么的意识和怎样的技巧，我们读者只能当它是一篇文告，绝不能说它是文艺作品。

五、作者与编者和读者

作者既有创作欲，便有发表欲，所事常常拿着自己的血汗的文艺作品，去寄到各处报馆里去，接着便整日地希望着，希望着自己的作品刊登出来，但是，事实却不能像希望的那样美满，却是个不折不扣的失望。如此，作者与编者之间便起了偌大的隔膜，作者认为编者不对；其实不然，因为一个文艺作品

的披露，是为着大众的读者，并不是为着编者一人。不过编者
是个介绍人罢了。所以我这样冒失地说："作者是厨夫，编者是
伙计，读者是食客。"

——原载《大公报》，1935 年 3 月 29 日。

利用旧形式

所谓文艺上的形式，并不是单单地指着文艺各部门的表象的形式，而是本质上的形式。我们说《水浒传》写得好，并不是因为它用了"话说"和"再听下回分解"，而是真正地创作出能反映当时的社会风俗、习惯、语言和特有的民族性的民族形式。因之，谈形式不能脱离内容。内容是来决定形式的。内容是反映人类社会生活的。内容是制作本质上矛盾的酵母，经过一个社会变动的过程，形式便会从旧形式中进展出一个更新的东西。

目前，有许多人焦急地喊着"利用旧形式"。原因，是目前的一般文艺工作者们，所创作出来的东西是不大容易被群众所了解的，有些作者按着西洋文艺的葫芦，拼命地画出中国社会现象的东西，于是乎，喊出"利用旧形式"的口号。但是这口号，为一些人了解错了。以为写小说添上"话说"，写剧添上"扬鞭""拂袖"就算完了（其实是非常错误而令人发笑的）。老实说，我们利用旧形式，并不是利用表象上的形式，而是从旧形式中吸取本质的精华，而从新创造的。这个所谓利用旧形式的形式，既不是旧的也不是凭空捏造的，而是从"旧"里发展来的"新"的东西。

可是，旧形式中有什么值得吸取的精华呢？有的，便是群众所能了解的，所能接受的东西，那东西，就是代表着一个社会特有的本质——即民族性。

现在，我们正处在艰苦抗战的过程中，要想描画这一段斗争的史诗，首先要把握住目前的政治形势和经济状态，深刻地了解群众的斗争精神，从活生生的经验与实践中，创作出群众自己的和民族集体的行动的东西来，这不能不注意表达这个史诗的形式问题。不可否认的，我们的文艺工作者们，必须去吸取群众的言语、习惯、风尚、德性——即斗争中的民族性。

这怎能算是利用旧形式呢？是的，它采取中国文学遗产中，本质上所特有的中国气派，它的表达的方法，是中国的，是千百万群众的，一句话，是民族性的。

利用旧形式，就是创造新形式。

利用旧形式不是愚弄群众，而是教育群众。

——原载《新中华报·新生（文艺副刊第四期）》（莎寨），1939 年 2 月 28 日第四版。

纪念鲁迅

去年的今天，我纪念鲁迅；今年的今天，我纪念鲁迅；明年的今天，我还纪念鲁迅……

我记得清楚：去年在北战场上，从济南开赴聊城的途中，我们遇到这个悲痛的日子。在那一天，我们几十个青年人，在明媚灿烂晨曦抚照下的黄河岸上，我们把鲁迅的画像挂在鹅毛黄的柳枝上，北中国的大野袒露着秋末的湛黄胸膛，像少女凝神她的晨妆一样在静穆着，多思的眸子般的静穆着，喑哑的黄河，卷着浑浊的沙泥滚滚的激流东下……

我们的心，都在郁悒着，像蒙上一层沉重的云翳。静默后，纪念的讲词，追悼的诗歌……嘎哑的抖颤的从每个青年人的嘴里吐出来，最后，我们含着满眼的热泪高呼起来："永远纪念我们的斗士和导师！""中华民族解放万岁！"

那是在山东辽远的红的原野，今天在山西的西北角敌人后方的游击区中，我又纪念我们的斗士和导师。

在今天，坚持抗战的今天，不论是在炮火弥漫的前方，卷进战争烽烟中的后方，被敌人铁蹄蹂躏下的地方，大的都市或偏僻的村庄……到处都有着鲁迅的明朗的影子，鲁迅的足迹，从天南到地北，鲁迅的笑声，从这里飘荡到那里，鲁迅的安抚和慰藉，传进了全中国每个人的耳中，特别是鲁迅的手，他握住了他的生前的朋友，他的"救救孩子"怀抱中的广大的群众

……

鲁迅是死了！他的不妥协的奋斗精神，却永远留在中华民族优秀儿女们的血统中，这种鲜红的东西洒遍了亚细亚的牛鬼原野，又使得我们执着永为民族奋斗的武器——笔和枪去和敌人搏斗……

死了！鲁迅死了二年了！他亲手播下的种子，在今天已开始萌芽成长茁壮起来。

鲁迅曾经说过："路是人走出来的。"可惜鲁迅走了坚苦的一生，才把"路"踏平，而尚未看到跟在背后的急待解放和自由的千百万广大的群众走上去，二年前的今天，他预先地被死神拉了去，这是一件多么可悲的事啊！

今天中华广大的儿女群，已踏上了鲁迅踏平的大"路"向前英勇地狂流下去。我们的心里，都坚决地抱着这个信心："前面有着一朵绮丽的鲁迅的血花。"

到明天，中国得到最后胜利的明天，那一个伟大的十月十九日，我们在鸭绿江边去纪念鲁迅……

——原载《战地动员半月刊》第 2 期，1938 年。

评姚雪垠的《战地书简》

——也莫是怀念远地的友人

去年的这个时候，记得是刚在北中国的原野上纪念了鲁迅的周年忌，我同着几个做政治工作的同志们从北战场上退下来了，同伴们有的去了汉口，有的去了西安，我便在开封留住了脚步。

在开封的平津同学会里住着，原本是等着到一八一师学兵队去的，有一天，在书店街散步，忽然逢到了北平的旧友姚雪垠。他像疯了似的拉住我的手说：

"老王！你几时到了开封了？"

"大前天晚上，听说你在办《风雨》，是吗？"

"呃，为什么知道我在开封，你不去找我？"

"哎哎，我刚刚来到，还没顾得想，你在哪里住？"

"我就在风雨社，咱们到我那儿去谈。"

当天夜里，我就搬到风雨社去住，因为老姚一定要我给他代编文艺栏。

风雨社里很清冷，那样一个窄小的院落里，静静的没一点声音，我和老姚就住在那里，白天除了来两趟邮差外，差不多没有什么人来，我们两个很寂寞，每天除了看稿子和写一点别的东西，其余的时间是非常空闲的。所以我们经常在深夜里坐在桌子前谈着一些多余的话来消磨时光，有时候谈一点旧日的往事，有时就谈关于创作的问题。

他常以"青年的热情为祸水"这句话来辟开他的话路：

"老王，我就不相信现在的抗战中，就会产生这样多的抗战英雄？"

"我也很奇怪，但是未必然没有。"

他为什么这样说呢，因为他常见到许多所谓有热情的青年从战地里寄来的通讯，而通讯的内容多一般像歌功颂德似的写着战争里的成功和美满，每逢有这样的稿子时，他就生气似的把稿子向我面前一摔：

"老王，你看吧。我就不相信中国的今天，就这样健全!"

"也许他们是不愿意写失败吧!"

"唉，简直是糊涂虫，青年的热情是祸水、祸水!"

我记得，这样的谈话在我们中间，简直成了一种家常便饭。就因这，他打下个主意：《风雨》停刊以后，他决定去战场上走走，并发誓似的说：

"我觉得在我初参加战争时，一定没有美满的成功来叫我写。但是，我一定要把我的'失败'写出来。"

旧年底，我离开开封到了临汾。

《风雨》不知停刊了没有，在徐州失守的前半月，我接到了他的一封信，他说："我把《风雨》交给兰西，三五日就去鲁东参加游击队。"以后就摸不着他的消息了。

写了上面那一大段话，你们一定奇怪，怎么写不到题目呢？这叫什么写书评呢？读者们，对不起得很，同时也是我的煞费苦心。老实说，我是为着把这本《战地书简》的作者的心地，给你们表一表，叫你们好深切地明白，他是为什么来写这本东西。

这本书，没有序也没有后记，只是赤裸裸地献在读者面前，可是他的第一封信《我们的游击队》（这本书是用十一封信编成的）里有几句话这样说："近来我读了不少新出版的小册子，都是描写英勇的抗日斗争和蓬蓬勃勃的救亡工作，才读了一两本还是觉得不错，挺新鲜，挺叫人兴奋，随后到第三本，就有点寡味了。在那些小册子里很难看到失败的经验，这经验对于救亡工作者也许是更宝贵的。"其实，作者是故意强调了这一点，他早就有些看不下那些只写成功不写失败的文章了，所以，他写了这本不到三万字的小东西。

的确，熟悉战地的人到处都看到阻碍和失败，不是汉奸的挑拨，就是落后分子的离间，没有一个成功杰作不是闯荡万般苦难而奔波过来的。这本书的主旨，就是暴露在抗日救亡中，光明的另一面——黑暗的部分，是在玩着怎么令人愤恨的花样？

这本书，是以书简体裁报告一群从北平流亡出来的青年和民先分子，怎样在一个游击队里开展他们的工作，他们得了怎样的经验与教训，他们得到了怎样的成功与效果，他亲眼看到了民众的力量，看见了落后分子的诡谋，看到了游击队的成长，看到了矛盾的增长。结果，他们还是为着抗战，不得不放弃了工作，离开了那支游击队。

《战地书简》，是他在游击生活中，随时随地寄语，一个朋友的信，形式虽是分段的报告，其实是一个完整的创作，我在许多小册中，没有看到这篇文章里的朴实，我在许多报告文学里没有看到这篇文章里的真实，其中有的段片，有的能使人感到轻快，有的使人感到可笑或流泪……它《战地书简》，我认为是抗战文艺的园地里，一篇比较成熟的东西。

我每逢读到友人的东西，就立刻燃烧起一股写作的烈火，但是，我至今没有写出一点东西……

我感到惭愧，恐慌……

写这篇文章，也算是怀念远地的友人。

老姚，他现在不知在哪里工作？也许在几个月以后，又可能看到他的一本新著。但是，我希望它，那是一本比《战地书简》更成功的东西。更希望的是，他的第二本东西，不是单纯的写着"失败"和"眼泪"。有几页，是写着成功和美丽的光彩的。

我感激老姚，为着他的《战地书简》，我勉强写了一篇所谓"文章"。

我写这篇东西的动机，固然是想起了旧友，但主要的还是为着介绍这本《战地书简》，正是为着介绍，我才想起了第一段那些事，虽说是本文的一个累赘。现在我特别向读者道歉！

作者附记。

——原载《战地动员半月刊》第 3 期，1938 年。

其他文体作品存目

1935 年

《转变》，原载《大公报》1935 年 3 月 17 日、18 日（连载）

1936 年

《闲话"聊天"》，原载《益世报》1936 年 6 月 18 日十一版

《闲话扇子》，原载《益世报》1936 年 8 月 5 日十一版

《给妈妈》，原载《华北日报》1936 年 8 月 26 日八版

《秋与我》，原载《益世报》1936 年 9 月 11 日十一版

《艾忧的画》，原载《华北日报》1936 年 9 月 22 日八版

《落叶》，原载《益世报》1936 年 10 月 26 日十一版

《金黄的星》，原载《华北日报》1936 年 11 月 13 日八版

《风暴（续"金黄的星"）》，原载《华北日报》1936 年 12 月 8 日八版

《忧郁的歌》，原载《华北日报》1936 年 12 月 25 日八版

《忧郁的歌（续）》，原载《华北日报》1936 年 12 月 26 日八版

《都市的夜曲》，原载《诗歌小品》1936 年 第 2 期

1937 年

《逼（再续"金黄的星"）》，原载《华北日报》1937 年 1

月 16 日八版

　　《枪》，原载《华北日报》1937 年 2 月 19 日八版

　　《荒村之夜》，原载《华北日报》1937 年 3 月 20 日八版

　　《捕》，原载《华北日报》1937 年 3 月 29 日八版

　　《牧》，原载《华北日报》1937 年 5 月 16 日八版

　　《一夜》，原载《天津大中时报》1937 年 5 月 11 日第二张

　　《穷人》，原载《华北日报》1937 年 6 月 23 日七版

<h2 style="text-align:center">1938 年</h2>

　　《晋西北的文化动态》，原载《新华日报》1938 年 12 月 28日

　　《草原上的故事》（莎寨），原载《战地动员半月刊》1938年第 1 期，

　　《纪念鲁迅（附图）》（莎寨），原载《战地动员半月刊》1938 年第 2 期

　　《评姚雪垠的"战地书简"》，原载《战地动员半月刊》1938 年第 3 期

　　《秋在北国》，原载《民族革命》1938 年第 1 卷第 7 期

<h2 style="text-align:center">1939 年</h2>

　　《收割队（速写）》（莎寨），原载《新华日报》1939 年 1月 4 日四版

　　《山西总动委会一年来的工作（通讯）》，原载《新华日报》1939 年 1 月 20 日四版

《草原上的故事》（莎寨），原载《大公报》1939 年 2 月 17 日始（三期连载）

《春天（连载 1～5）》（莎寨），原载《国民公报》1939 年 3 月 4 日、7 日、9 日、11 日、14 日

《长治行》，原载《大公报》1939 年 8 月 17 日至 19 日（连载）

《河边草·反"扫荡"报告之一》（莎寨），原载《大公报》1939 年 11 月 17 日

《太岳山仍在欢笑着·反"扫荡"报告之一》（莎寨），原载《大公报》1939 年 11 月 19 日

《红五月的补充教材》（莎寨），原载《文艺突击》1939 年第 1 卷第 4 期

《九月夜曲》（莎寨），原载《西线》1939 年第 3 期

《荞麦田里》（莎寨），原载《抗战文艺》1939 年第 5 卷第 1 期；重载《星光（新加坡）》1940 年新 6 期

《小战士（上）》（莎寨），原载《上海周报》1939 年第 1 卷第 8 期

《小战士（中）》（莎寨），原载《上海周报》1939 年第 1 卷第 9 期

《我在晋西北》，原载《战地动员半月刊》1939 年第 9 期

1940 年

《小战士（下）》（莎寨），原载《上海周报》1940 年第 1 卷第 10 期

《"文明"人所走过的地方》（莎寨），原载《抗战文艺》第5卷第6期，1940年2月20日

《夜冲白晋路》（莎寨），原载《反攻》1940年第9卷第4期

《"皇军"与猪》（莎寨），原载《新蜀报》1940年12月26日

1941 年

《不是兵的故事》，原载《新文艺》第2期，1941年

附载三　博习记忆

王博习在边区创作诗歌赏析

王力平　主编

王博习的诗歌创作取得了颇为显著的成绩。从整体上看，王博习流传下来的诗歌作品都是小叙事诗，这些诗作并不追求完整的故事情节，或者说诗篇只是通过某一件事情来抒发诗人的某些感想，但诗歌的形象性和描写得具体生动却是十分突出的。

王博习在抗战中的诗作保留下来的不多，但反映的生活面却比较宽广，几乎包括了边区斗争生活的各个方面。《拦牛人的故事》写得很感人，故事的主人公小银是一个牛倌，地主的剥削和贫瘠的荒山，让他们祖孙三代饱尝了人间辛酸，入侵的日寇杀死了他的母亲，使小银旧仇又添新恨。在敌人的一次扫荡中，小银独自一人留在村里，他用捡到的一支大枪"作了英勇的壮举"："打死了八个敌人，他也被敌人活活烧死。"诗篇以简洁质朴的语言和侧写的方式，刻画了一位英勇的有血性的中国青年农民的形象，诗人对青年一代在民族的灾难面前，所毅然表现出来的顽强战斗意志，表达了由衷的赞叹之情。在描写冀南根据地人民英勇抗敌斗争方面，这一诗篇堪称王博习的代表作。诗人在他的创作中，还涉及了一些别人很少顾及的题材，如《麦田里的骑者》写了侵华日军的忧郁和绝望。一个逃出军营的日本士兵，在夕阳的照耀下，独自在麦田里流浪，"破旧的皮靴像有拖不动的沉重，钢盔扣着他满怀的忧郁"。他在偶然遇到一双中国母女时表现了少有的温存，他想起了留在家乡的亲人，不禁流下了痛楚的眼泪。最后他自杀在麦田里，带着太多的绝望和愧疚，而诗篇留给了人们的则是更多的思索。

诗人的另一些诗作，主要着眼于边区的日常生活，侧重反映敌后根据地的建设和发展。《二月春风吹》是一首对土地，对边区人民劳动生活的热情赞歌。诗中写了恶霸地主"李二霸王"，在豪夺土地中给农民造成的灾难，写了爷爷的无限悲伤，写了寡妇的一怀愁绪。而这一切，都因平分了汉奸地主的土地而烟消云散，犹如"二月春风吹来了清新"。诗篇描述了农民收回土地后的欢欣，歌颂了翻身农民对土地深厚的感情，歌颂了他们朴实勤劳的思想品质。诗中对寡妇内心世界的如实披露，对其心理活动的深入描述，成为该诗的一大特色。比如寡妇对住在家中、给她们许多帮助的八路军战士，产生的不同寻常的好感，她回想起丈夫生前恩情时引起的感情波动，写得都很细腻和生动，而这些情感后来都被劳动和生活的热情所取代："她不是在想那个八路，也不是在想她的亡人，勤苦的爷爷感动了她，爷爷是个可爱可怜的农民。"《归队》叙述了一个开小差的战士，由家乡返回部队的故事。诗人由游手好闲的李三，同一个儿童的对话切入，写了力大无比的李三的觉醒和变化，写了儿童和村民们对李三转变的欢迎与赞叹。李三怕苦从部队逃回乡间，受到村民的指摘和耻笑，他从民族大义出发，终于醒悟了，打柴安下家之后，毅然返回了部队。这首诗从某种意义上说，写出了边区人民热爱和崇敬抗日战士的时代风尚。诗人以民谣体写作的《河水谣》，写出了根据地繁忙的劳动景象：农民在田间挖渠引水，灌溉麦田，迎接即将到来的丰收。诗篇清新活泼，自然流畅，令人耳目一新，如诗的结尾："富国家，一枝花，好抗战，两枝花，打走鬼子三枝花，中国解放哗啦啦……"

　　——本文摘录于 2006 年 8 月出版的冯思德总主编、王力平主编的《燕赵文艺史话（第一分册）·文学卷》之《不是兵的故事》。

《永远结不成的果实》（节录）

王亚平

九、战争·生活·诗

……

中国没有优秀的叙事诗遗产，虽然有人把《水浒传》《红楼梦》当成叙事诗看，但那毕竟不是诗的形式。西洋的叙事诗曾读了一些，也不一定对中国的叙事诗有多少影响。自己的语言真够贫乏，对于如何表现人物、穿插故事，又没有丝毫把握，结果，《红蔷薇》是粗率地写成了，但艺术的表现力太差，太差。

……

我不能在现实的浮面上漂流了，跟着大武汉的撤退、长沙的毁于烽火、张向华将军要调到广东，我不愿再过战线生活，想到各地去看看，多读些书报来丰富自己的知识，培育创造的火力。我由衡阳走到长沙，在一个报纸上编文艺副刊，还同友人创办了"民众书店"。在长沙认识了许多年轻的男女朋友，又过了一段火样的矛盾生活，也同克顿结了婚。把在战地写成的一些诗，集成了《祖国的血》，交民众书店印行了，那些不像样的作品如今看了，真有些不安，心痛，我真想一把火把它烧掉。

这时，戈茅、袁勃还在重庆，我也决定到大后方来，以加深自己的修养。可惜，等我真的到了重庆的时候，袁勃因参加作家战地访问团一直去西北没有回来。在长沙的时候，曾有一个时候，准备和一些战地诗友出刊《诗创作》，其中已邀到袁勃、王博习（即莎寨）等人的诗稿，以后我离湘西上，把诗稿交给姚君，他都给遗失了。特别是王博习的诗是一首很好的叙事诗，竟给他散失，民国三十一年①听说他病死北方，这首诗的遗失就更叫我念着无限的疚痛。

总结在战地奔走呼号了两年零三个月，经历了江、浙、皖、赣、湘、鄂七八省的土地，看见了许多没有看见过，没有经历过的情景，更深地认识了南国的风味、南国的人民。战争的灾难、危害，并没有扑倒我，我健康地参加了战地工作，又健康地走到后方。"把足迹寄托给大地，让患难撕去了光阴。"十年前的两句小诗，到这时想起来还能适合我的心情。记得在投向战地工作之前，我曾写过一首诀别一切、把希望寄托给战争的诗，内中有这么两句：

> 把身心寄托给火线哟！
>
> 用生命换取血写的诗篇。
>
> ……

1944 年 11 日 25 日

——《永远结不成的果实》，文通书局 1946 年 8 月重庆初版。

---

① 编者按：三十一年，原书误写为"三十年"。

青年诗人王博习

刘艺亭①

　　1942年10月革命纪念日那天，中共冀南区党委召开纪念大会，并追悼抗战五年来的死难烈士，区党委负责人李菁玉在长篇讲话中提到的烈士中，有这么个名字：

　　"青年诗人王博习。"

　　王博习就是在这一年夏天逝世的。当时，冀南经历了空前规模的"四·二九"反扫荡，抗日根据地被日寇分割为许多小块，碉堡如林，沟路如网，正是环境变得更加艰苦之际，伤病员要分散在抗日堡垒户中治疗，药物短缺，饮食也不好。王博习患的又是当时难以治疗的心脏病，身体日见衰弱，文总便安排胡青坡护送他过邢（台）济（南）路，暂回老家威县潘固村疗养。那是一个夜晚，胡青坡和王博习离开驻村北行，先到了邢济路边上的郭白伏村郭琢卿家；这是胡青坡过去在该村教书时认识的老关系，每逢过邢济路他都走这条路。郭琢卿安排他俩休息了一会，谈了谈近日敌情及要注意的事，才出村过路。路旁封锁沟两侧，有老乡挖的坎，蹬着坎上下，顺利通过。胡

---

　　①　编者按：此文原刊载于河北教育出版社1989年12月出版的刘艺亭、宋复光编的《中国解放区文学研究资料丛书·冀南文学作品选》，作者署名孙晖。1996年3月花山文艺出版社出版《刘艺亭作品集（第四卷）·母亲的活筐箩》时，作者署名为刘艺亭，文字也略有改动和增加。

青坡直把王博习送到往潘固去的正道上，二人才相互告别，并言定：等博习病好些了，或环境安定些了，就回来工作。谁知王博习竟一去未能回来，病逝家中，他才二十五岁①。

王博习出生于书香之家，父亲执教多年，弟兄们都读过书。他排行三，聪颖内秀，喜欢文学，读了中学就到北平去了。在那里结识了一些文学青年，积极参加中国诗歌作者协会的活动，不断在《诗歌杂志》及报纸上发表诗作。七七事变爆发，他离开北平辗转到了延安，学习中积极参加延安文艺活动，也发表了一些作品。

1939 年春，他来到抗日前线，参加晋东南文化教育救国总会工作。"文总"初创，他的到来很受大家欢迎，即委任他负责编辑机关刊物《文化哨》，后改名《文动》，再改名《文化动员》②。虽然处于战争频繁之中，刊物却保持了基本不脱期。另外，他还编过两期专登文艺作品的《文艺轻骑》。他一心一意工作，既敏捷又细致，老作家高沐鸿很赏识他的文才。他与同志们相处，常互为砥砺。一次，他与王玉堂（笔名冈夫、宇堂）写一个同题，各异其趣，同获好评。又一次，王玉堂写了一首《歌唱》，他马上拿去配上自己写的短评刊出。对别人的作品，他都同样热情仔细地对待，不存私心，而自己的作品则要求很严，自己不满意的从不拿去发表。这个时期，他除完成编辑任务之外，还写了不少作品，发表在《文化动员》《战地生活》等刊物上。

---

① 编者按：原文为"二十二岁"，编者据实作了更改。
② 编者按：此处作者记述与另外当事人记述有出入。

　　东出太行便是冀南抗日根据地，平原上斗争也更火热。王博习常想回故乡来，熟悉的土地，熟悉的群众，如能更深入下去，将能创作出更深厚的作品。组织上批准了他的申请，便于1940年秋回到阔别数年的冀南。不知在此之前或是返回冀南的途中，他到过冀西，并在那里写下了一些较好的诗篇，如1940年冀西出版的单张小型诗刊《山川诗歌》刊登了他的《归队》。冀南文化抗战协会在1939年日寇"扫荡"时曾一度转入冀西活动。

　　冀南文总（文协撤销后成立的）热烈欢迎这位返回故乡的文艺战士，立即委托他创办冀南第一份纯文学刊物《新文艺》，创刊号是油印的，供不应求，从第二期起改为石印。当时"文总"活动的南宫、广宗、威县一带，正是1935年冀南大暴动的核心地区，群众基础好，抗日热潮高，在激发着年青诗人的工作热情和创作热情，他很快就献出了长诗《指甲》。《新文艺》这块园地，在他的辛勤耕耘下，荟萃了冀南当时产生的佳作，代表了当时冀南文艺创作达到的水平。如当时为人们称道和多年后仍为人们记得的小说《不是兵的故事》《阔边眼镜》和《棉油不卖了》等作品，都是刊载在《新文艺》杂志上的。《不是兵的故事》是王博习在冀南写的短篇之一，所谓"不是兵"是指没有脱产穿上军服的农民，是群众性的抗日武装，当时在冀南叫抗日自卫队，基干民兵则称"模范班"，现在则统一称之的"民兵"。冀南区党委书记李菁玉读了这篇小说，也曾满口称赞说："真是写得好！"王博习对发展冀南抗战文艺做出了贡献，他的过早逝世是冀南文艺界的一大损失！

王博习短促一生的作为——待人诚挚，忠诚工作，努力追求等，表现了他人品与作品的统一，给和他一道工作过的人们留下了深刻的印象，评价很好。近几年来，丘琴在回忆北平《诗歌杂志》的文章里写了对他的怀念；王玉堂则记述了他在晋东南工作时的情况："博习是一位青年诗人，那时他才二十岁，谦虚而略带腼腆，也不好多说话，工作起来却很认真，他用莎寨和其他笔名写了许多诗歌，也写报告文学，也写评论，写过长诗《二月春风吹》盛赞我们的八路军。他出笔快，他有些诗自己觉得不过意时就先搁过一边另来一首。这编辑的责任他负得最多，《文艺轻骑》也是由他创办的。"据一位朋友说，今年出版的《山西抗战文学史》一书中也写有关于王博习的章节，遗憾的是，笔者尚未见到。

诗人生命虽短而创作却很丰富，抗战中的作品尤为珍贵，可惜多散失了。笔者收集到的尚只有下列诗篇：《河水谣》《归队》《二月春风吹》《麦田里的骑者》《拦牛人的故事》《咱们快要反攻啦》。另有短篇小说一篇：《红五月的补充教材》。我想：他的作品还可能找到一些，并且觉得，这个想法落不了空。

1988 年 9 月

　　——原载《刘艺亭作品集（第四卷）·母亲的活笸箩》，花山文艺出版社 1996 年 3 月出版。

忆王博习同志①

冈　夫②

王博习同志是于一九三九年"五四"前后，由北方局李伯钊同志介绍到"晋东南文化教育界救国总会"来的。在此之前他曾在延安学习过——何时去的又何时离开的说不清了，那时常有同志从延安到前方来，统由北方局分派到各个机构。他对当时延安文艺界的情况很熟悉：某些人物，某些文艺活动，比如街头诗、朗诵会等等，他都给我们谈过。他的到来很受同志们欢迎。

"文总"当时初创，它的一个机关刊物《文化哨》（后期转为《文动》)③，三十二开油印小本；后又转为《文化动员》，十六开大本；从王博习同志来到之后，总会就委托他为责任编辑，一直到他于一九四〇年秋冬离开时都是由他负责，于战事频繁之中还能使月刊基本上不脱期刊出。月刊之外，他还另编过两期专登文艺作品的《文艺轻骑》。他的一些作品，有的在《文动》《文化动员》上，有的在张磐石同志主持的《抗战生活》上发表过，只可惜这些资料现很难找到。李伯钊同志一九四〇

---

① 编者按：此篇是作者给河北省文联刘艺亭同志的一封复信节选，篇名为《冀南文学作品选》的编者所加。

② 冈夫，原名王玉堂（1907～1998），笔名冈夫、宇堂等。山西武乡人，中共党员，中国作家，著有长篇小说《草岚风雨》，诗集《战斗与歌唱》等。

③ 编者按：此处作者记述与另外当事人记述有出入。

年回延安后，总结华北的文艺工作经验时介绍过他。一九八八年北岳文艺出版社出版的《山西抗战文学史》也有他的章节。他在某个时期大概和刘白羽同志很熟。他说他对白羽说，希望白羽做文学作家，不要做新闻记者。可见他们交谊之深。

博习是一位青年诗人，那时他才十九岁，谦虚而略带腼腆，也不好多说话，工作起来却很认真。他用"莎寨"和其他笔名写了许多诗文，也写报告文学，也写短评，写过长诗《二月春风吹》，盛赞我们的八路军。他出笔极快，他有些诗自己觉得不过意时就先搁过一边另来一首。这时的编辑责任他负的为最多。《文艺轻骑》也是由他建议而创办的。他于一九四〇年秋冬回到冀南。

我和他在一起相处时，因同好写写诗，常互为砥砺。一次曾写一个同题，各异其趣并同获好评。某次，我写了一首《歌唱》，他马上就拿去并写了短评刊出。对别的同志的稿件，他也都同样热情地对待，毫不存私心。而对自己的作品则要求很严格。他对写作有很大的抱负，常想回到故乡一带以便更深入地熟习生活，施展才能，写出更深厚的作品，于是请求批准回冀南了。他的病逝的噩耗传到太行时，熟悉的同志都很痛心。其他见于我那篇《太行文联回忆》中所谈的，就不复述了。

1988 年 10 月 22 日

——原载《冈夫文集 3》，冈夫著；杨品，王稚纯主编；山西人民出版社 2001 年出版。

莎寨印象①

——《记北平公寓生活·五（续）》节录

田 涛②

在参加一二·九学生运动我结识的一位××报（报纸名字记不起来了）特约记者王博习，经常来辟才胡同我处谈天。他经常在北平一些报纸副刊发表作品。他是河北威县人，一个热情诚挚的青年，穿浅灰色长衫，胶底球鞋。他送来一篇短篇小说《四月的苜蓿风》给我看。他希望我看后，如果可以往大刊物投寄，给他介绍出去。我看过以后，感到写得不错。当时我还是个青年人，向大型刊物推荐介绍稿件，主编能采用吗？他看我有些气馁，便鼓励我，叫我介绍给靳以先生，试试看。靳以在编《文学季刊》时，由于投稿关系，我和他认识。当时他在主编《文丛》月刊，在上海出版发行，和我有书信来往。我决定把王博习的《四月的苜蓿风》介绍给靳以，也是抱着试试看的心情。王博习想改个署名，叫我替他想一个。我说你也想一想。两个人思考了一阵子。我提出"莎寨"两个字。他感到新颖，立刻同意了。他问有什么含意没有？我考虑"莎"字多

---

① 编者按：题目为本书编者所加。
② 田涛（1915～2002），原名田德裕，笔名津秋。河北望都人。1937年毕业于北平师范，北京大学中文系旁听生。中国作家协会会员。曾任河北省作家协会副主席、名誉主席，河北省文联副主席，专业作家。

用于人名地名，"寨""砦"通用。……他频频点头，似乎洞悉了其中的含意。我给靳以写了一封信，附进稿件里，寄出去了。不久，接到靳以的回信说，《四月的苜蓿风》可以采用，并已编入《文丛》一卷五期。我把这个信息告诉王博习，他非常兴奋。他对靳以先生能选用青年作者的稿件，十分敬佩。该稿如期刊出，他收到寄给他的稿酬时，北平城已陷入日寇的包围之中了。

……

北方的局势越来越紧张，《大公报·文艺》主编萧乾来信说，《文艺》编辑部要迁往上海去了。

……

我所住的德盛公寓房间里不能平静地写作了。一些熟识的热血救亡青年日夜往返，王亚凡、莎寨（王博习）、李宏贲（李汝琳）等，聚在一起，谈论国家危亡，今后要走的路。

……

卢沟桥的抗日炮火打响了。爱国的青年学生们，纷纷逃离北平。莎寨正好有了这笔稿酬作为路费，他和平津流亡学生离开了北平，转到内地去参加抗战了。当我离开北平辗转到开封时，曾和他相遇。奇怪的是他的头发突然白了许多，他正在为到西北解放区去做准备。不久，他乘陇海路的火车去西安，由西安转赴延安了。以后我一直没有得到他的音信。后来听说他得病逝世的消息，感到十分沉痛。

1990 年 2 月 14 日，石家庄

——原载《我亲历的文坛往事·忆心路，〈新文学史料〉100 期精粹·自述篇》，茅盾、田涛等著，《新文学史料》编辑部编，人民文学出版社 2004 年 7 月出版。

《文化哨》出刊始末记

郝 汀①

　　1938 年 8 月的一天，组织上调我去第三专员公署所在地——沁县南沟上党牺盟中心区工作。那时我认为沁县是后方，心里还有些不愿意。和我谈话后，组织隔了几天就催我起身。看来组织决定不会变更了，于是我就骑了一匹白马，带了一个马夫，由和顺石拐出发了。

　　第二天下午抵达沁县南沟，这个小村，坐落在一道土沟里，一些院落和房屋都是依土崖挖成的窑洞，在沟上是看不见人家的。我来到上党中心区的驻地，就见到了张天乙、侯振亚、陈大东和不久前从和顺石拐调回来的王书良等老同志，久别重逢，非常高兴。休息了一会他们就领我去见薄一波同志。一波同志待人十分亲切，使我感到像回到自己家里一样，他见我头发很长，就叫通讯员，请来了理发员给我理发。我想试着问问，调我来做什么工作，薄一波同志猜出了我的心思，他说："回来了，先住下休息两天再谈工作吧。"理完发，吃过饭，我就到中

① 郝汀（1915~2004），笔名柏叶，山西榆次人，中共党员，中国作协会员。1936 年参加抗日救亡运动，曾任牺盟总会宣传委员会美术工作者，《文化哨》《文化动员》编辑，美术家协会晋东南分会理事长，华北新华书店副经理。新中国成立后，曾任山西省文联副主席，中国民研会理事、山西分会主席，山西省文物局副局长等职。著有儿童文学集《十载耘》《勇敢和友谊》《星星的峡谷》等，作品曾获 1942 年边区乙等奖、1980 年儿童文艺创作三等奖。

心区来了。

过了几天，组织上让我当机关支部书记，支部在机关外面找了一间屋子，作为活动的地方，区党委还给我派来了一个青年的专职干事李金发。接着中心区又调来史纪言（宣传委员，病逝）、周化南、高尔华（牺牲）、李继潜（组织委员，三专署武装科长，已病逝）等许多干部。

当时中心区有个刊物叫《上党战旗》，由于刻印的很精致，各县纷纷来信要求为他们配备和培养刻印人员。这样就启发了我办美术训练班的意愿，县里的同志热情很高，都要求派人来学习。由于住宿等问题，只收了七八个小青年。记得有李来靖、张金堂（反扫荡已牺牲）、籍佩霖（病逝）、药恒、阎庶青（当时叫黑豆）等。这时许征也从和顺石拐调回来，由她来辅导刻印、套色，由我来讲素描、透视等，这些小青年刚从小学毕业，是由当地选拔来的，天真质朴，学习积极，很快我们就培养出了一支美术刻印队伍。

1938年9月，冀家凹民革中学要筹办一个文教训练班，为开展文教宣传工作准备力量，我到冀家凹训练班兼教美术，除进行一些美术常识的教学外，主要是传授写美术字，为书写街头诗和抗日宣传标语培养人才。我又和高沐鸿、王玉堂（冈夫）、王振华一起为团结文化工作者奋起抗战，准备筹办一个刊物，中心区的侯振亚、王书良、陈大东等，都极力支持。出刊物最要紧的是纸张，纸张全是由敌占区运来的，油光纸是控制使用的，我们和薄一波同志谈了纸的问题，他马上就告诉刘济苏（三专署秘书主任）资助了我们一令纸。

《文化哨》第一期就在 10 月份出刊了，32 开本，印了七百余份。这样我们的美术训练班就办起来了，边工作边学习，负责两个刊物（《上党战旗》《文化哨》）的刻印套色，还有一张画报（不定期，单张），并兼着《文化哨》的装订，发行工作。

就在这年的冬天，王玉堂和高沐鸿也调回中心区来了。《文化哨》要想办下去，必须有可靠的经费来源，它又不是哪个单位的机关刊物，《文化哨》一出刊，影响很大，每期份数都在增多，我们得有个来钱的地方，才能继续办下去。

那时三专署的所在地是一个政治中心，县里的县长、特派员来办事的，经常不断，我和同志们研究，开个饭店薄利多销，赚钱来养刊物。我们采取有钱出钱，有力出力的办法，凑了 49 元钱办起了食堂，由王玉堂找来他的一位亲戚当经理，叫郝玉秀，并从故城请了一位做菜的老头当大师傅，定名为"文化食堂"。果然生意兴隆，如遇到开会，我们食堂的收入是很可观的。这样，我们的刊物就扶摇直上，一直发行到一千八百份。

1938 年冬天，区党委决定筹备文化教育界救国总会，以后《文化哨》就改为机关刊物了，这时又陆续调来王博习（病逝）、陈树人、王聚会（病逝）和一位由延安来的陈默君同志（牺牲）。

1939 年 5 月，晋东南文救总会正式成立，《文化哨》停刊，改为《文化动员》，开始为 32 开本，以后又改为 16 开本，发行千余份。

"文化食堂"改由文救总会经营，把向同志凑来的钱还给同志们。不久，由于反扫荡战争，"文化食堂"也就结束了。

　　《文化哨》曾经在抗日战争初期，是起过团结教育根据地广大文化教育工作者的作用的，它在动员组织文化人员参加抗战，发扬爱国主义精神，影响是较大的，为此我写这个始末记的时候，非常怀念付出过辛勤劳动的同志们，特别是王博习同志。

　　——原载《山西革命根据地文艺运动回忆录》，王一民、齐荣晋、笙鸣编，北岳文艺出版社 1988 年出版。

《我和张秀中同志》（摘录）

苗培时①

......

抗日战争初期，我在冀南抗日区工作时，就听说过张秀中同志的名字。像在冀南文协担负领导工作的著名青年小说家王博习（笔名莎寨）就常常和我说起张秀中。

......

——原载《伟大的祖国——苗培时系列文选报告·文学卷》，中国人事出版社1996年12月出版。

---

① 苗培时（1918.2~2005.10），曾用名苗振坤，别名大古。北京市房山区坨里镇人。1937年肄业于北平中法大学文学院，1938年赴陕甘宁边区陕北公学、鲁迅艺术学院学习。抗战时期，曾任全民通讯社战地特派记者、新华社特约记者。新中国成立后，曾任《大众日报》《工人日报》编辑室主任、新大众出版社总编辑，与赵树理、老舍、王亚平等人共同编辑大众文艺刊物《说说唱唱》。为中国曲协理事，北京市文联常务理事。

鸣　谢

在本书出版之际，特别向给予鼓励指导和资料支持的领导、专家致以诚挚的感谢和崇高的敬意！

罗　扬　　中国文联原副主席

刘艺亭　　河北省文联原党组书记、副主席

吴桂海　　中共邢台市委党校原教授

王长华　　河北师范大学原副校长、博士生导师

孙进柱　　保定市地方志办公室原主任

王维国　　河北省社会科学院《河北学刊》总编

"全威诗"丛书

威 州 战 歌

第一部·下卷

史 轮 卷

人民出版社

"全威诗"丛书凡例

一、本丛书集辑威县各类诗歌作品,旨在系统性保存威县文学文献,提供检索、参考、研究之用,实现存史、资政、育人之目的。

二、本丛书所辑威县诗歌,系指:(1)威县籍人士诗作。(2)非威县籍人士有关威县的诗作。(3)存疑者,从宽收录;经考证有误者,附以说明。

三、本丛书汇辑诗作时间范围,上不设限,下限至1949年9月30日,即至中华人民共和国成立前。中华人民共和国成立后诗作由于数量过于庞大,暂不收录,留供将来再作"续编"。

四、本丛书汇辑诗作,包括:(1)古近体诗词,汇编为《洛阳古韵》。(2)新诗,即现代诗歌,汇编为《威州战歌》。谣谚之类,联句之作,并存于作者或编者名下。

五、本丛书编排方式,以作者为经,以时代先后为序。作者生卒之年难以确考者,参以与其相关的活动或事件发生之年,而略推其所属时间,据以编次。

六、本丛书首列作者姓名,次列"简介",再列"作品"。作者姓名多称其本名或常见自署之名,简介依次说明作者的生卒年、字号、籍贯、官职及诗歌创作成果,其他成就不录。文献不足者则暂阙。

七、本丛书"作品"编排方式,凡据总集、别集录入者,仍其旧例;个别增补较多者,则依实际需要予以重编,惟尽量按创作时间先后排列为原则。

八、本丛书"作品"不论录自总集、别集,或辑自群籍,均注明出处。一诗数见者，则据最早出现之版本收录，加注说明此诗又载于何处。

　　九、本丛书校勘细则如下：（1）作品抄本、刊本缺字，无从考证补足者，用"□"标示，一"□"代表一字。（2）原诗有注者保留，编者校勘、注解以"编者按"形式呈现。（3）有以意改动正文、以意取舍异文者，附加说明。（4）在文中有订正者，保留原字，改正之字加〔　〕标注。

　　十、本丛书为配合现代人阅读习惯，统一将繁体字进行简化；诗文所用字词一般保留原貌，但对"的地得"及个别常用固定词语按照现代汉语使用规范进行修改；版面一律采用横式编排。

目　录

作者简介

史轮（1906～1942秋①），原名马清瑞，字超尘，笔名史轮、超伦，河北省威县常屯乡东马庄村人（原属山东省邱县在威县县域内插花地，亦称"飞地"），革命烈士，晋察冀诗派代表诗人，西北战地服务团文艺骨干，街头艺术的提倡者和实践者，为抗日文化宣传做出了卓越贡献。

1930年，史轮加入中国共产党，开始革命活动；但后来又与党组织失掉关系。同年考入"胶东王"刘珍年创办的烟台军官学校学习，同时不断创作诗文，屡在上海、天津等地报刊发表；1933年创作出版了长篇诗作《白衣血浪》。后在青岛、大连、天津等地开展进步活动，曾被捕入狱，后释放回到家乡。1934年至1935年秋，先后在邱县县立第一小学、威县辛店及胡帐等地学校任教。

史轮画像

1935年秋至全面抗战爆发，史轮先后在山东省的聊城、青岛等地活动、谋生，并与王亚平、袁勃等人一起加入了沈旭带头组织的青岛诗歌社。1936年10月1日，史轮作为首批会员加入了中国诗歌作者协会，他组织的山东齐飞诗会作为14个诗歌团体之一加入了这一组织。史轮还在机关刊物——《诗歌杂志》

---

① 编者按：关于史轮的生卒年月，后人记述多有不同。其生年难以确考，卒年有多证据显示为1942年下半年。

上发表诗剧《血的愿望》等作品。1936 年 12 月，他的诗集《战前之歌》由诗歌出版社出版，蒲风、王亚平分别作序。蒲风把史轮与沈旭、江岳浪、冀春（即孙冀春，威县人）、田间并称为"新起的青年诗人"。

1937 年七七事变后，史轮即奔赴山西太原；同年 10 月参加了丁玲领导的西北战地服务团，任战地记者及文学编辑。在西战团里，史轮的创作热情十分高涨，诗歌、散文、通讯、戏剧、曲艺等多种体裁均有涉猎。在西安时期，丁玲主编的一套十种的《西战团丛书》中，就收有史轮和裴东篱等改良的京剧《白山黑水》、和李劫夫与高敏夫的歌曲集《战地歌声（一）》、和李劫夫与田间的歌曲集《战地歌声（二）》、和张可与苏醒知的《杂技》以及集体创作报告通讯《西线生活》等五种。这些作品都以真挚的情感，明丽的笔调反映了"西战团"在前线的战斗历程和军民抗战的英勇事迹，由各地生活书店印行。其中不少文章被边区和大后方报刊转载，扩大了党的影响，提高了军民的抗战热情。

1938 年 7 月，史轮随西战团到达延安后，成为街头艺术的主要推动者和实践者，常常将自己或别人新作的街头诗写在延安街头墙壁上，创作了大量诗歌。1938 年 8 月 7 日，与诗人田间、柯仲平、邵子南等以西战团"战地诗社"的名义，并联合边区文协战歌社，共同发起了延安街头诗运动。8 月 15 日，延安《新中华报》转载了他们的《街头诗歌运动宣言》："我们展开这一大众街头诗歌（包括墙头诗）的运动，不用说，目的不但在利用诗歌作战斗的武器，同时也就是要使诗歌走到真正的大众化的道路上去；不但要有知识的人参加抗战的大众诗歌运动，更要引起大众中的'无名氏'也多多起来参加这个运动。"号召："不要让乡村的一堵墙，路旁的一片岩石，白白的空着。"

1938 年冬，史轮与田间、邵子南随西战团来到晋察冀边区，他们把街头诗的形式又带到了晋察冀。当时史轮提着粉桶，经常在街头墙壁上、岩石上，书写出自己的诗，影响较大的有《儿歌》《在抗战路上》等，还形成了街头诗集《持久战歌》。通过街头诗运动，使诗歌与现实结合起来，诗人与群众结合起来，发挥了教育与鼓舞人民的作用。

1938 年 1 月，丁玲（右三）与西北战地服务团团员史轮（左一）、袁勃（左二）、张天虚（左三）、戈茅（左四）、蒋弼（右二）在山西洪桐万安镇合影。

在晋察冀边区文化界抗日救国会工作期间，与诗人曼晴共同主编了《边区文化》，是边区诗歌总会的骨干成员，还是《抗敌报·文化界》的主要撰稿人。在此期间创作的《我永远敬念你——超人的灵魂》《歌谣》《我们是人》《怎不歌唱鲁迅》《事务工作》等反映边区人民抗日斗争生活的部分诗篇，被收入魏巍主编的、1959 和 1984 年两次由中国青年出版社出版发行的《晋察冀诗抄》。1941 年 8 月 12 日，西战团成立四周年，为行纪念，编印《诗建设诗选》，收史轮等27位诗人62首诗歌，其中史轮4首。

此外，史轮还写了不少歌词，由李劫夫、周巍峙谱成歌曲后在晋察冀广为流传。由李劫夫作曲的有《保卫边区》《歼灭战》《除奸歌》《坚持持久战》《妇女慰劳小曲》《老百姓偷枪》《大家来杀鬼子兵》等；由周巍峙谱曲的有《杀过哈尔滨》。近年阚培桐收集整理《救亡之声——中国抗日战争歌曲汇编》中，记录了3621首抗战歌曲，涉及词曲作者超过1800人。其中，词作者中创作数量前十位的是：田汉、安娥、塞克、麦新、王洛宾、孙师毅（施谊）、史轮、安波、王震之（天蓝）、张寒晖。史轮以满腔热情冲在抗日救亡的第一线。

1942年，日军在冀中平原发动了疯狂至极的"五一大扫荡"，在这年秋季的反"扫荡"中，史轮在雁北农村被俘，受尽酷刑，顽强不屈，壮烈牺牲于山西灵丘下关镇；一说"被党内专政部门错误处理"（见《徐光霄（戈茅）诗文集·忆诗友》，中国文联出版公司，1995年8月版）。在牺牲的当年，史轮发表了《接受歌谣的精华和精神》，载于5月30日，桂林《力报》副刊《半月文艺》第二十四、二十五期合刊；诗歌《当你再生下》，载于《诗创作》1942年第十四期。其牺牲后，在重庆的诗友戈茅（徐光霄）、李篁（王亚平）分别撰写了悼念文章，刊载于9月16日《新华日报》四版。

1984年，其后人通过原西北战地服务团的领导向河北省人民政府申请，史轮被批准为烈士。

第一章　白衣血浪

史轮烈士的同名诗集《白衣血浪》，由上海泰东图书局1933年6月5日出版。

作者的话

自从郭沫若氏《女神》以后，单纯的抒情，响亮的韵脚，相沿用来，只剩下了一片空洞的喊声。诗之艺术的沉默性是全被吵走了！我认为沉默不一定全是无力的。另一面，新月派则玩弄着灵感至上的玄戏、幽微、轻曼，缥缈得使人欲睡，全没有血肉的个性、人生的实味。用细腻的纤手把诗神拖住，关在历史的闺房里。无疑地，这都不能适应这一个斗争的热情的时代，给我以实际的体验，前进的意识。但意识的空壳，政治的说教，这对于诗，也是一种严酷的虐榨。同时，以为只有描绘物形的集团的众象才能显示出社会热情，才算新作品；则诗，将更被硬屑阻滞创造的源流。如果人的个性可以是部落的，民族的，阶级的，社会的，有组织性的元素之组合的单一化；那么，在真实的个性上，一样地可以显示出我们的时代。综合以上，便是我个人对于诗，一点原则上的认识，《白衣血浪》只是这一个认识之实践的试作。因为是试作，所以尽管严厉地批评，在作者可以得到教益，在诗坛可以前进一级，实在应该欢迎！

本书蒙段平右先生作封面，丰子恺先生作扉画，倪贻德先生作画像，庞薰琴、周多先生作插画，并此诚意致谢。

白衣血浪

微曦刚白了窗，
昨夜的骤雨还残滴着檐溜，
凄其的军号从静寂的黎明中透过来，
从遥远的湖际，遥远的山麓。
这军号叫伤了早晨呢，
人将以为这是沉痛的快感的音响，
爽心的悲壮的逍遥，
可怜我这脆弱了的耳膜，
却偏感受恐怖的战栗与凶兆；
这美妙的和平的湖上，
有迷人的静止，美观的仙乡；
而尤其在这氤氲清香的早晨，
却被这人世的战斗声，
罪恶的军号所破损，
当是何等不调整的，非吉祥的音响啊！
这音响泛出了无限不可言说的灾痛，
人类的困恼，血迹的惨景。
我以半醒的惺忪之眼，
朦胧于恐怖的幻想中。
不觉间，幻像缩形了，
于是闪动着回忆的暗弱之微光——

积雪的平原，
为雾气所蒙的白晕，
茫茫的青白的远景，

前面，铺着无穷的寂寞之路，

向着遥远的地平线，

向着暗淡的天阴。

我带着灰色的，无希望的沉思，

窒塞的懊恼的感情，

织以长期失眠中的，回想的残影。

我最初开始了漂泊，

向无人之境飞奔。

我要离开有血和肉的地方，

向那没有灾痛的污损。

从此闪灭于四方。

我像一颗失了系统的流星。

神圣的自然已全被人类的祸害所划裂；

我从不能找到一块安身的绿林。

深山里，一样留漾着战后的火药气味，

田径上，一样残湿着失败者的创痛，血腥，

森林的静寂，一样要被痛苦的呐喊所扰乱。

隔开陆地的江河中，

也一样可以听到两岸不平的惨闻，

就在无忧的小孩面额上，

你仍能认出人类灾痛的遗传之证。

何处你能逃出罪恶的现实，

何处你能找出没有踏过脚印的净土？

你愚节可佩的伯夷叔齐哟！

你们的精魂可还在首阳山下哀啼！？

我到处是一个异乡人，

一个神异的流浪者；

我颠沛流离，

于今又来到西子湖滨。
这儿冷石上，
曾坐过我通夜的失眠，通夜的凄清，
杜鹃陪着哀泣，
山阴如有悲运沉吟。
这儿长堤上，
曾踏过我通夜的踯躅，通夜的飘零，
不怕冷露沉沉，月逝星隐。
我苦难着世纪的复杂的隐痛，
岂怪我不安定的矛盾的性灵！

每日从床上起来，
总是怀着断念。
不知来，不知去，
度着无边的空光之年。
这世界，对于我，与其说是现实，
不如说是半分忘了的古话模棱。
春，实在是在湖上波散了，
眼见就已是芬芳绚烂的四月，
但她仅止以如何微弱的草须，
隔膜地搏动我的机灵，
不怕有如何明媚而苏人的春光，
湖水与溪涧的愉快的闪波；
不怕有如何苍翠欲滴的，欣幸的群山
鲜蕤蕤的，新绿的田野；
在我是一样的淡漠，
——雾白的灰色。
尽管有红红绿绿的，

杂色的游客，

从那靠湖的城市涌出；

当我信步插入那些假日寻春的人群当中，

那儿是那般喧哗热闹——

却不一定全是欣悦。

一个长衫大袖的地主，

满脑小麦与蜜蜂的天国；

歌鸟在他丰饶的田土上唱着赞美诗，

水牛与山羊，在他茅厩里叙着天伦之乐。

褴褛的农人，

却偏说不安的牛羊快要逃出他的茅厩，

恢复它们爱慕自由的本性，

宁愿成为山上的野兽。

几个店员走了上来，

他们谈起，

老板如何恨恶日本矮奴。

自己的桑蚕繁盛，

却要穿东洋的丝绸。

一个政府的官员窃听了，

只顾自己的荷包可饱满？

小办事员们自然嗤之以笑。

"理合盖章支薪水，

等因奉此过光阴。"

独脚的伤兵蹒跚走，

讨点川资回家乡；

哪知妻子已作绅士之妾，

田园早归村老所有。

乞丐杂在红粉金钗中

絮絮地诉着，并非自愿闲游；
工厂的机器力气大，
有肉的骨头少用场。
煤黑的工人听了亦胆怯，
成群结队议后事。
便衣的侦探目光闪，
跑来跑去像猎犬。
他们的污秽呀不要舐脏了
这见葱茏的，自然之神韵；
湖边，真不当有他们来游览。
一位风骚的姑娘叱开了穷人，
一边媚眼儿真溜得快心！
那轻薄的少年真时派：
身穿漂亮的西装，脚跨靴，
斜挂亜黄色的，朝佛的香袋，
成群的和尚嘻嘻笑，
争说那妇人的曲线真淫荡。
……
小说家呀，诗人，
欢喜他们的材料真丰满，
"春天的狗，春天的猫，"
是何等诗意聪颖
出版定成名……
……
我逃出了那骚动，喧嚷的群众，
我好像梦游了几世纪的地洞。
我本已久避外面的，艺术家的世界，
足以扰乱心境的多感的事物。

而今忽为这五光十色的新印象所刺激，
我感觉异常得烦厌与困倦
我潜意识地渴望着：
荒凉的岩石，
狭窄的鸟道，
波涛的飞沫，
神妙的幽光……
于是经过长堤，
经过几座高的拱桥，
而我在一处水边的草上，
不觉地疲乏地下躺。
仰上天，以惺忪的梦眼，
倒看那对湖的城头；
城头上几朵白云漂浮，漂浮……
向着无际的苍碧的大空，
我沉想，
一切声音，于是全都静了——
真是伟大的壮观呢！
我似乎站在地球的高冈上展望：
……大海迷茫……
……白云簇涌……
……天边的晨风……
……辉煌的朝暾……
……葱茏的峨眉山下……
……黄河，扬子江的源流……
……怀古的万里长城……
……荒漠的西北利亚……
……新俄的仰慕……

……恒河……
……印度洋……
……亡国的哀声与波起伏……
……红海，苏伊士……
……慰问庄严而悲的古埃及……
……尼罗的肥沃之土……
……莱茵河的两岸，烟通贯天……
……大西洋，新大陆的繁华……
……太平洋的血水……
……巴尔干周围的黑浪……
……这潮流又转折地波动峨眉山脚……
……黄河，扬子江却惨弱地鸣咽着……
忽然这大海又现形为古世纪的世界……
一阵一阵的暴风雨在
大西洋太平洋掀波翻浪……
却剩下一层薄白的残云
由海风吹到黄河，扬子江……
飘漾在荒漠的平原，幽僻的山谷……
在千年不变的阴冷的天空之中……
当我从这"世纪的幻梦"醒来，
几朵乌黑的晚霞正从城头飘出，
似欲飘到湖里作神化之夜浴。
移时，地球的这一半便轮动在黑暗之下了，
太阳又在另一半促着新生。

月儿从云隙中漏出清辉，
透过窗帘，探窥我中宵倚案的苦相。
我似乎继续沉在模糊的梦中，

却又对月亮的清辉，
怀着偕与幽化的潜望。
真的啊，血肉的存在真是苦恼，
化于湖上的月辉何等轻扬！
我并无失恋的悲情、爱情的创伤，
世纪的隐痛，沉重地压榨着我啊，
压榨我的性灵，塑成
不可了解的畸形。
我最厌烦，是我们这块叶形的大陆，
山河暗淡，
人们是这般的沉沉。
我们找得出什么闪光的东西吗？
许多名词滥用着变成无意义，
许多运动盲动着变成了空响，
什么主义只是日常生活的屑琐谈天，
什么运动只是日常职业的零碎动作。
我们的创造的源泉已涸澈，
舔遍了整个的文化，只有模仿的淡味；
几片过时的西欧的牙屑，
便是我全民族所翘首渴望的口惠。
一切都表示没有力量，兴奋和刺激……
一切显得淡薄，轻微和朦胧……
乌云涌时没有咆哮的巨浪，
骤雨来时没有拔枝的狂风。
"黄河、扬子江却懦弱地呜咽着，"
真的呀，何处有什么伟大的山洪?!
全都是幽邃的细小的山涧
徐缓地，潺潺地

在一个半睡的原始人的，
和平的好梦中。
民族的精魂似乎永远坐在深山里打呵欠，
让油虫虱子在他的草席下蠕动着以催眠。
我厌烦，而又恐惧，
眼看守旧的虫蛭快要腐蚀掉历史的书橱。
我开始在无力自助上，
我开始感受无名的痛苦。
这历史的主人却远在迷醉地鼾声似虎。
我并非迷信民族的"宿命"，
或以"进化"为不羁的，元素之力；
革命不是一阵偶尔的旋风或雷吼我已早知，
狭义的，地土与人种的观念我早已抛弃；
科学家已替我研究过水力学的法则，
我也便懂得什么是河流的本质；
水的流却是决定于那河床的两岸，
那异形的山谷，或崎岖的沙石，
有时候，展为不见动的池，
或流为静静的川溪；
有时候，冲击多石的河床，
奔腾喷涌，成瀑布而倾泻；
左右曲折，甚至掀翻而为暴潮的倒流。
在我们的国度呀，却正是潺潺而流的山涧；
又谁知道呀，不流为死一般的塘池。
我真不耐这生机的腐蚀，
于是不知所以地飘流于四方。
我们虽也曾掀过惊涛巨浪，
但那才真像偶尔一瞬的闪光；

我那小俄罗斯的湖南呀，

真是令人追念无穷！

奈何现在已成为战后的废墟、革命的故乡！

可怜呀；

我自又何尝不是可怜！

我这世纪的混沌儿，

我这畸形的灵魂！

我不能了解我的时代正如我不能了解自己的情性。

我的痛苦抑压着人类数千年来的积郁，

我也曾想振臂奋飞，

跳身在世纪的怒潮，

跳身在事变的车轮。

惊人的暴动，悲壮的战争我都欢迎；

痛苦，失败，坐牢，枪毙我都不问。

莫泊桑的小说，幽微，轻巧，

真是使我恶心！

我要献身于爽心的，时代的热情；

书斋，图书馆直是人类的囚禁。

用咆哮的，自胸脏迸出的破坏的音乐，

一次革命从海边的一隅向内地引进；

虽然是一时压灭了个人主义的温存，

但现在仍是充满了蚊子似的郁音，

叫我怎耐这无能的，微弱的沉静！

可怜呵，我烦闷到今。

我想动，动向何方，

我岂当参加那些游民的暴动?！

此处彼处的发火，

无目的地随风燎原，狂焚？

啊啊，我的周围仍是这般的沉暮。
我简直想投身于观感世界的深处，
发泄抑压着的热情的火山，
什么理由和目的，我都可以不管。
但是呵，我的性灵中，
却还有更多的矛盾：
我曾陶醉于泼辣的咖啡店与跳舞场，
我也曾歌吟清奇的松柏，雄浑的鸡鸣。
我爱青翠的自然无伤损，
小山茅屋最合心；
我也爱迤逦的火车原上驰，
工厂银行真雄壮。
我，我无法超脱这
世纪的美学的矛盾性。
我想向森严寂静的灵境迈进，
却又禁不住肉的官感的诱引。
我有慷慨的，浪漫主义的精神，
却又有一双灰色的，自然主义的眼睛。
我想向真理猛进
又向梦境寻欢。
思想的脚，飞毛腿地赶上了前去，
而且跨过了广漠的西北利亚，
情感的脚，却还蹒跚地踏在民族的荒山里，
落在历史的遥远的后头。
我虽然论理地从旧的教养传统蜕化出，
我心理地却仍右倾于观念化的幻想的玄郊，
哦，我是何等思想的多元，情感的冲突！
我熬尽了世纪的矛盾的苦闷；

我漂流四方，何处有没有樵夫的绿洲？
啊啊，我哪能不啃着这前人的老调：
灵明真是人生苦难的根苗；
以灰色掩住了笑，
以致生命和趣味游离而哀叫。
我否认爱情，
爱情只是沙滩上的花纹，
海潮来时，一洗而尽。
慰藉不过是极短的，一刹那的阳光，
在风一阵儿吹开的两团黑云中间通过。
我需要纯理主义的铁汁，
来毒凝我一切的情泉，
一切的辛幸，一切的苦乐；
而后连纯理主义也弃掉。
如绿草一般的生活，
没有神经，也没有知觉。
啊啊，你幽忧的月辉哟，
请以清露润我丛阴之下，
让我得一时的安息，
彻入缥缈之玄。

哦，何处清朗的钟声远飔，
惠婉着这样深沉的音韵；
使湖上的月辉幽微地颤动，
月下的景色更见柔软。
这有力而圣洁的音波，
以庄严的肃静，沁入我烦乱之深心，
我升起了一种渊美的憧憬，

如像黑林之中闪映着悠婉的月影。
一种意外地唤回的、清醇的生源，
以欢愉的血液流遍我的全肢骸。
这钟声传出了温和的母爱的抚摸，
和田园的梦幻，追怀的幽情，
哦，疗慰了我灼炽的一片热忱，
我便偶然感觉自己重新的，和平的生存。

我真不耐这白日的烦躁，
一丝满足的情怀再不来回。
我一看到人为的建筑，
甚至只看到这照耀于地球的日光；
立刻便像照见了喷烟的，不整洁的全世界；
立刻便会感受一种憎恶，
一种离开美的情绪很远的气愤；
时代的交响乐，
立刻便以纷纷然的，
噪耳的音响之群，
混乱而且疲乏我的全神经。
简直就不容我生活下去；
任何虔诚的祈祷也不能使我安心。
啊啊，我何以还如此跷踏于生的执着，
既然生存已成了悲运的重担。
我才真是眷恋骸骨的蠢材，
我何以还怕什么意志薄弱的讥评！

我又是浪游终日，
我究竟还有什么追寻？

堤上，水上，仍有不少寻春的游客，
但他们谁又有一颗真正的灵魂。
他们全被日常的个人琐屑所封锁，
世界对于他们也只是茫茫的梦境。
我信眼而视，信步而行，
我枉过了许多如诗如画的风景。
我抬头，
见那塔尖上生了一株小木，高耸空际，
英雄主义者的老鹰盘桓着翱翔，亭亭。
我恨不能也就化羽飞升，
向那一尘不染的碧空的澄清，
我俯首，
一线冷冽的清泉从苔湿的岩缝中迸涌，
我以口吸而饮之，
骤然间冷澈了全个灵魂。
血与肉何不就化为泉水的清醇？
"人类"终究是个"人类"，
"幻想"于"苦恼"有何中用!？

睡了醒来，还是一样的怀着断念，
我真不明白我的四肢何以还能支持？
今日是更见晴朗，
春天更见发皇。
群山迤逦，
翠凝千谷。
环湖的绿柳飘垂，
两岸的青草如茵。
温暖的翠色与波光，

相映成彩；
酥人的春风似醉。
我不觉便在一只船旁的草上冥睡。
水边的肥皂泡儿犹存，
油污的气味刺鼻，
我察出这儿是块洗衣之地。
青草上，似乎还流漾着洗衣妇人的香迹。
远远地，
穿过那石桥，
傍着那垂柳，
啊啊，那是谁村的小家碧玉！
手提一只带苍绿色的小木桶，
身穿一套皓素的白色衣裤。
婀娜的身材，
优雅的风度，
披散着青丝飘扬，
她正走向这洗衣场。
穿过石桥，
傍着垂柳，
已走得近了。
因为左手提桶用力重，
她的腰，微微地颤动；
她的臀，圆浑地突出向右。
当她坐在了这草地，
眼前的太阳忽生异辉。
她有着燃烧般的血色，肉体的力，
她有一双惊人的，美妙的黑眼睛，
颊上又有一对勾人的笑梨，欢颜辗然。

她有肉感的健美，
却也有娴雅的庄重，
这正合我的脾胃；
因为我厌烦单纯的肉的餍饱，
我也憎恶所谓贞洁的孤僻。
她素净的打扮真是悦目，
我从来不见有这样诱惑的尤物！
我胆怯的双眼偷看，
她的明眸倒映水中闪光呢！
我完全为目前的"美"所惊住，
我已没有余力来观察她细致的行动。
后来，她怎样离开水边，
怎样穿过桥，傍着柳，
我已完全不能背诵。
只有飘飘欲仙的白影，
翩翩地在我心中播着情种。

昨夜通宵的睡梦，
全为翩翩的白影所困乱。
今天的浪游总觉偶然两样，
似乎偶然来了意外的幸运，
又似多了新的伤创。
湖上的柳絮如雪片飘飞，
亦如浮沉于我朦胧眼中的幻象。
激滟的波光眩目，
一切景物轮廓模糊，
我时常只觉眼前是一片混沌的颜色，
湖呀，山呀，宛然古老的梦境。

白衣姑娘的幻影系我紧紧。
不知何时又曾访那草地，
白影又映湖滨。
绿草生色，
碧波增光；
黑眼睛流盼，
在疏疏的刘海下掩映。
哦，那突然飞起的嫣然一笑，
天呀，我怎能忘去那销魂的天容！

如今我更禁不住心旌的摇震，
环绕着我的灵风是这般地飞腾，
我如何能够自己把定！？
我自以为是已被世纪的磨石
磨碎了的残屑，
再也不会有什么动心的魔情。
我自以为销蚀了的青春，
如今又如猛烈的春潮暴涨；
我自以为死去了的诗情，
如今又葱茏地如新醅喷涌；
深藏着的，起了锈的灵魂
如今又是烈焰熊熊。
浮士德的毒液向我的血管流进；
勇敢的白血球呀，
何以这般退让竟不中用？

时光已入交夏，
湖山的景色更觉葱茏，

我的梦儿呀，
也更觉隆重。
当我坐在了那惯熟的水边，
酷热的日光如焚。
草上，蒸起了如潮般的雾气蒙蒙。
一群白色的湖鸥，
忽从绿波中露浮，
黄金色的嘴儿在水上闪烁。
它们的叫声起了，
群波在笑。
活泼地欢喜而飞；
每一羽毛的振动，
表现着健康的力，生命的美。
哦，鸥啁啾欢叫，
湖愉悦微笑，
我渴望的心呀，怦怦地跳！
但我忽然镇静了，
当我看见那翩翩而来的白影，
在日光下，欲热的空气里，
我那娟娟的洗衣姑娘来了。
仍然是那般悦目的打扮，皓素衣裙
宛如云石的爱之神。
她洗衣，水响，群鸥不惊，
宛如和她已有交情；
为了洗衣的体动，
她的臂儿与臂儿显然看得分明。
她活泼的柳腰转动，
却还勉强维持庄静。

烈日的酷热使我那可人儿喘息，
呼吸的温香胜似南薰地令我迷醉。
她的胳膊也腾着潮热的蒸气呢，
于是她脱去了外层的白衣；
露出了粉红色的衬衫，
饱满的胸脯荡动；
鲜明地看去，
双双的乳头微突。
当她捶打起那衣服，
两手起落间，乳头颤漾，
显得是特别的甘鲜、软嫩。
一阵阵的，燥热的风，
使我全身懒倦，
我莫名其妙地不断地长叹。
她那捶衣棒的音响，
似乎每一下敲得我的心儿疼痛。
为了我长期的殷诚瞻顾，
她早觉得我这人有些奇异
她忽然从眼角边闪闪流盼，
似乎一半嘲弄，一半侧隐。
山后，传来悠扬的牧歌与情曲，
湖上激荡着那放纵的回声；
想是动了她娇小的心弦，
微笑频频。
一滴小水珠，不意间飞溅她的下巴，
我恨不能跑上前去呀，用口去吸吮。
忽然，眼角又闪光，她起来了。
虽然她仍不免闪避着我如狼似虎的耽视；

但是，她笑着，
玫瑰色的双颊粲然。
我看出她一点也没有讨厌我的心意。
她开始动步，我屏气而随行，
风吹起了她的宽袖，我魂飞了！
我看进去，似乎窥探了她的秘密；
想不尽的处女的春情呵。
我狂烈的热情烧得难忍！
后来，她觉到了，
眼睛低垂——那双美好的黑眼睛；
而且连耳根也血似的红。
于是，她加快向前走，
窈窕的风姿更觉飘飘洒洒。
穿过桥，我还跟着。
忽地一口风猛吹了来；
阴云立刻便封锁了湖山；
远峰上，已见大的点滴。
她不能不躲雨，走进了那阴亭；
面着平湖，以白的墙壁挡住行人的大路。
雨来了，我也不能不厚颜地躲进去，
因为这周围全没有一间茅屋。
亭子里只有她，她和我，
低垂着头，一种童稚的神秘的恐怖和
一种处女的知情的娇羞，
在她跳动的心儿中交流。
电闪偷从云眼中流盼，雷声起了，
如过分快乐的喘吼，
这放荡而沐浴在烟云中的自然。

山腰，被乳白色的气霭搂住，
如包围在温柔的幸福中。
天，朦胧，惺忪的天，
为骤然意外的感动而流泪，
无数颗泪滴，热情地与湖波接吻。
哦，快乐的自然喘吼，
满湖淅沥的接吻！
堤边的荷花，为这骤然的爱情的节乐
羞红着脸，如像欢喜而惊的处女；
躲到常裹娜作态的，大胆风骚的柳丝里相拥抱。
我的白衣姑娘呀，
她的两颊也泛红呢，
瞳子为什么找躲藏？
这放荡的湖山也使你的芳心儿发烧了吗？
来，我心里想，我的眼睛也表示，
就在我的怀抱，我的臂膀里，
休羡那多情的气霭，隐秘的青山，
我们人类更懂得"爱情"！
从她娇丽的脸上诵读出心的音乐，
我看她的骄矜已自不稳；
我们互相心儿相印地凝视，
第一次接近了，而且交谈起来。
拖着温软而低的，迷醉的调子，
她的声音轻柔得如银铃。
骤雨过了，乌云推开了，
坦出无极的璁玉般的，澄清的天空，
大地的热气一扫而净，
空气是异样的凉爽清新。

湖山洗了一个澡，
显得格外温柔媚明！
她深情而含羞地
向我丢了一个临别的，水汪汪的秋波。
于是，她走了，向新晴的澄明的村庄。
珍珠般的雨点，
在阳光中闪烁，
挂在翠绿的枝上，湿的芦苇上。
我的心中，有说不出的、销魂的隆福，
与新生的万物共欢悦于甜美的，茂盛的馨香中。

她的影像遮住了我所看见的世界，
没有什么回头反顾的痛苦。
有的是，新生的满足的热情。
再不有那时代的，
淆乱的交响乐来噪耳。
这音响的世界是这般的调和且曼妙！
这应着我柔顺的生命律，
就似她亲自在爱抚我的耳膜。
唤醒我感情的复杂的全音阶，
无限的甜蜜，无限的陶醉。
……似乎初期的童年的温柔回向我来，
带着恺切的恬静的快乐。
宛然自己睡在摇篮里，
慈祥的母亲唱着甜蜜的睡歌；
在漫漫的和平的幽梦之夜，
摇篮上有无数灿烂的繁星眨眼。
当我跳跳叫叫地，

在生满了菜花的园圃里，
那些成群的，欢乐的精灵，
便在每朵花萼下轮翅。
有时，他们跟我在绿荫的小屋前游戏，
在那丰饶的绿草的牧场上。
有时，他们在桥下哗啦的浪声里，
向我讲述深山里的林中的故事。
有时，就在那街后，
宽大的闪光的河上向我微笑；
在这河边，我常拉住姊姊坐上几点钟，
看着那弯远的晚红中，几点白帆。
不久，暧昧的雾忽然升起，
那些亲爱的精灵从此消去无影。
我却最初看见了古时的老人，白发如银；
他以慢性的毒质灌进了我的生命。
而且他开始每夜低语一些长而出奇的童话，
给以小儿的幻想中不能了悟的恐怖。
"痛苦"与"烦恼"向我哭着脸走来，
我从此和他们结成了良伴。
我们常在失眠的深夜密谈，
我们常以泪水沐浴。
我们的友谊是十分的同情而真挚！
我们孤独地，住在险恶的多疑的成年人中间；
他们时常躲在屋角处私语，
阴谋莫测，时常准备着害人的陷阱。
我们为惧怕，便逃到渺茫的原野之洋。
不想魔类是遍布在这黑暗的空中，
从四方八面来向我们环攻，

东方有那奸恶的矮鬼

他对于我们的肺脏，口角流涎。

西方有那柔而狡的碧眼睛，

想以淫威压住你，

以她那肉感的肥臀。

南方却是些肺痨的高汉，

要向你投以腥臭的骷髅。

北方虽然从沙漠那边送来暖人的烈火，

却给恶魔夺取炬柄反向人间燎放。

吓得我们在恐怖迷乱之中向四处奔窜……

大喊一声，我惊醒。

白衣姑娘立刻便向我走来，

从天花板上的阴影。

于是我不但忘记了恐怖的梦境，

并好像自己又已在那阴亭，

她吹着甜蜜的呼息，

给我以陶醉的爱情。

同时，又仿佛地，更年少的自己从"过去"来临，

一生所有的思想与经验，

一生早已忘记了的梦，胜利的梦

回生了，带着欢愉时分的歌咏。

忽地，形成为伟大的巨象上升，

敞开着堂皇的壮丽的园门。

伟大的城市在我眼前开工建起，

立刻使喷烟沸腾，浮起了时代的新生命。

全民族怒吼而起，

参加了全人类的大队的庄严。

世纪的凯旋乐，

从地球的胸脏里爆裂地响了出来。
——我再①醒，
夜的蛙声震撼湖山地在鸣着呢！

晨市的喧嚣真是噪耳，
现实又压上我的心头。
欢快的源泉如此罕以达到高潮！
今天反感受更高度的绝望，
昨夜的境梦呀才真是梦境！
我的心情如此的易变，
哦，且将思维放到那草郊。

她今天的胆量真是大，
她竟约我，约我到那儿！
就是我们躲雨的那阴亭，
那儿真是天然的，幽会的处所。
现在我真是忘记了一切，
我只有单纯的，热情的饥渴。
我不动地，仰卧在那亭前的草地上，
出神地凝眺着；
微隆的碧波，柔滑的湖面，和那
大空的蔚蓝，傍晚的天幕。
夕阳在山后隐灭了，
一天的生之热闹沉默。
对岸的窗户都开着呢，
射出闺房里电灯的亮光在湖水上跑。

———————————

① 编者按：再，原版作"冉"。

亭后，远远的，送来隐约的悦耳的音乐，

是公园那边一群无忧的年少；

温和的夜正如音调般的和这音乐合奏。

第一口微凉的夜风吹爽着我的胸襟；

风里带着山里的土气与湖边树林的草味；

而且还杂有令人沉醉的肉的熏香，

我的饥渴之心儿越烧得发痒。

圆大的金色的月儿起来了，

从那黑林的后边，山丘上面。

忽然一只软的手蒙住我的双眼，

我翻身来马上便抓住了她这小浑蛋；

我紧搂住她柔软的腰，

她在我臂膀里挣扎着呢，

我的嘴唇好像甲虫的触须，

终在黑暗里找到了她那鲜嫩的两瓣；

她是个从来没有接过吻的乡下姑娘呢，

她的小嘴唇闭成了鸟似的尖喙，

迷乱地抵住我牙齿的排前。

她不晓得呀张开，

让我的舌儿伸进去荡舐。

周围的柔枝发着清音，

湖边的苍影绵绵。

“你是做什么事的人呀？

你从何处而来？”忽然她问。

她幼稚的言语，无邪而诚朴！

“我看你很是痛苦，

可是没有了父亲？”

她的眼光是这般切近地打入我的心坎。

"夜里只有母亲在家,

我出来,我说要到邻舍闲谈。"

"真是聪慧的姑娘呀,

夜的慈悲保佑你!"

我说了这一句,便什么都神秘地沉默。

枝间,时有宿鸟的鼓翅,

一只夜莺似乎在柳浪里幽啼。

一阵放香的夜风,

增加我们爱的兴奋;

我们便加重地亲吻,

充满了热的呼吸。

另外一种香气从她身上蒸发出来,

我简直敌不住这种肉的刺激,

原来是她乡女特有的、熏香的汗气。

我更贴肤地压紧她的酥胸,软嫩的乳房,

两手围在她的腰与臀之际。

密合的两体热腻腻地;

肉欲的血在身上大胆地跳,

而且使我,使我发烧了!

不觉间,我把她放倒于草地,

她往上仰,在我的动弹之下喘着气。

她的颊烧红,

她的眼半合,

充满了处女的,

神秘的恐怖,大胆的欢喜。

最后,我俩的喘息混而为一。

伟大的山脉在湖上沉睡,

平静的湖水在山下酣眠,

堤边睡莲惺忪于绿荷的环抱，
村前的杨柳甜梦于牧场的周围。
清朗的月儿已上升到碧空的中天，
以寂寥的，温柔的光照耀大地。

还看得到月沉的残辉，
黎明于是在最初的蛙声中醒转来。
草地上，她还在我的腕中睡着呢，
但她忽地脸红了，
当她醒来察知今晨已是一个少妇。
湖水已完全透明，
山脉却还是紫色。
燕、雀、鸦、鹊、白鸥、黄鹦、老鹰、竹鸡……
偶然间便齐声欢忭地歌唱起来。
山前山后，湖东湖西，
屋左屋右，树上树下，
——满着呢；
各种不同的鸟类互相呼应。
全是一片清脆之音，
是一个庞大的鸟类的音乐会。
除了几声疏落的鸡鸣；
这世界是特为它们静寂着，
作为它们歌咏晨曦①的音乐厅。
晴朗的晨空在愉悦地倾听着呢，
水晶般的露珠还挂在翠绿的枝间，
倒影湖上的那滩，那圆形的树林，

---

① 编者按：晨曦，原版作"晨喜"。

显得格外新鲜嫩绿，
她在晨光中微笑着呢，
散布着满湖清爽的芬芳。
当几只翩翩于湖上的飞鸥的白羽上，
飘披了朝暾的红彩之时；
他的白影儿才从柳荫里隐灭。

从前装满了稻草的枯穗与煤灰的尘屑，
我的那心儿呀，现在竟变得恁般的澄澈！
她为我揭开了自然之面巾，
推我入清虚之幻境；
你崇峻的灵辉哟！
我愿你照耀我于玄玄之静，永恒之乡。
（古旧的浪漫主义呀，
二十世纪还有这样的诞狂，
你徒以高调自喜的人们哟！
我还怕你什么不值钱的讥或奖！）

她正在甜蜜地酣睡着呢，
她的馨息正迷醉着我的呼吸。
并且一对笑窝隐隐地在唇边荡漾，
爱情不眠地在她的柔颜上活跃。
粗黑的睫毛下映着月影，
就似她的明眸宛然在动。
我几乎以为她醒着在呢，
这充溢了生命力的姑娘。
月亮像是偷窥我们的窃贼，
从树顶上筛进我的瞳子，

在这黑阴的周围。

湖波是在怎样地激滟着呀！

山霭是在怎样地叆叇。

我将她吻抱而醒，

她则舞蹈以起。

这样的夜游是多么引人入胜：

柳影下的鱼正跳水响诱引我们呢，

舟子已沉睡，我们便偷将他的小船解缆。

圆圆的月亮，寥廓地正升到深碧的天顶，

周围，浩荡着繁星之洋。

深夜的湖更觉宽广些呢，

而且遥远无人，遥远无声。

我还未曾找到她的惺忪之眼，

她已在我腿上坐定；

以她那壮大的柔软之臀。

而我仍然向前划桨，

船边泻着水银似的浪。

一阵凉爽的夜风从月边吹下，

带着浓郁的夏夜的荷香。

飞沫溅到她的脸上来了啊，

她更以她的两乳峰压紧我气喘的胸膛。

优美的小船已孤独地荡在湖的中心了，

为什么这样沉寂，冷清：

除了远滩传来的，幽微的林涛声。

这样浩森森的，

夜深的平湖，

风吹下，

光波引着千万条银蛇灿烂，

向那山边，向那四周的，繁殖的丛荫之下。
月以慈蔼的乳白色隐秘了群峰，
月使湖山凝成了纯一的晶体。
"我们到了什么地方呀？"
她低微地说，如在梦幻中；
她更紧地挤在我怀里，
连那娇柔的小腰。
露水浸湿了她的长发呢，
连她那两瓣嫩唇；
因为当我吻着的时候，
颤动着一种销魂的冷感。
我歇了桨，我们于是密抱在湖中，
这夜深的湖里只有我们两人。
月亮以如梦的柔软的光色
将我们溶解，
我们失去了自己；
我们的灵魂化了光，
我们的爱情化了光。

真的啊，我愿永远这样放浪形骸，
我愿永远脱去人类的衣裳；
解除世纪的理枷智梏，
深住自然之核心的安详。
我信步跑上苏曼殊的墓道，
在自然中，坟上，诗人的精魂照着永恒之光；
他一生的歌咏也自不同凡响！

但是呵，当到了一个深秋之夜，

月亮异常得无力而苍白！

一层朦胧的皓雾横空，

月晕惨淡，

便好像蒙了面纱的少妇，

忍着无言的幽怨与未来的灾难，

远山早已不见，

连那湖中的滩，那圆形的黑林。

雾变得厚且浓；

灯市已全隐灭，

连不远的桥，堤上的垂柳。

举起你的双眸呀！

我托起她圆润的下巴。

何等使我惊异呵！

双眸正映着泪水的银影；

某种无名的痛苦徘徊于她的唇边。

这是我从来没有见过的泪颜。

我自己本也就，久忘了悲哀与眼泪，

只一晌沉湎于无情的贪欢。

她双肩抽搐着了，

"我……我的"声音在哽咽中结住。

她的眼睛忽然羞怯地低垂，

低垂到她的，微隆的腹部。

于是，便以裂胸的抽咽猛然倾倒我的怀里。

我的心中骤然也有一把尖刀在刺。

我明白在她身上胎生了爱情的孽障；

现实的毒剑像电闪般地劈入我的脑际。

当我醒悟到自己的、真实的地位，

浩浩荡荡的天涯又呈在我的前面。

"这彻骨的痛苦谁能知得?" 她说,
"对于你,我原亦不愿让你明白,
我只是吞声地哭呀,
当没有一个人在我前面。
我但愿呵,让悲伤永远藏在自己的心田!"
这是何等的哀情!
人世中可有这样一颗崇高的灵魂?!
满湖全都是惨淡的皓雾,
雾里闻声而不见人。
村前的狗为受惊而吠,
一声晚钟又从远山长鸣。
"如果我的妈妈知道了呀,
如果邻舍有了传闻!"
刺心的哭声又起了,
"我的命根便可以断定!"
我的咽喉为哀痛所扼断;
我只将她无言地搂紧。
夜已深,万籁俱寂静,
我便一路送到她的家门。

我仿佛一交从空中跌下,
如今又重落到这真实的世界。
"现实" 向我面善地霎着眼,
要缚我以 "法律" 的铁链。
在隔壁,"礼教" 的囚牢里,
她正挣扎于 "贞节" 的镣铐。
如果你有一颗真正的灵魂呀,
你便应该赶快逃奔! 奔逃?

这地球上满布着"虚伪"的陷阱，
掩以"因袭"与"玄学"的软草。
这宇宙的系统已固定着因子的排列，
雅典的希腊永远还是个雅典的希腊。
你要想向新的创造而迈进，
除非突破这郁闷的天盖！

我辗转不能成眠，
"我"还是还我一个原"我"；
还不过是这世纪的混沌儿，
哦，我这畸形的灵魂！
半夜，暴风雨忽向大地倒倾。
电光一阵阵在窗玻璃上闪形，
每一闪的瞬间，给我照见了湖上的雨景。
翠绿快给骤雨压坏了，
堤上的雨水像瀑布似的流。
雨在连山中激打，
风在森林上咆哮，
雷声怒吼呢，
满天如爆裂。
湖山如覆般似的摇震；
真是自然的大劫。
我感觉沉痛的悲哀又觉爽心的激越。

夕阳的红云为晚风所吹荡，
微绉起满湖的涟漪，
倒映云影生彩。
一路上，金色的田野，蝉声战栗，

合奏着我们的心儿，幽默地颤动。
远远地看见那山，
从麓至巅，全为繁茂的树木所衣覆；
蜿蜒迤逦，全为优美的林子所荫茏。
当我们走到那寺院的前面，
那是何等庄严肃静的灵隐啊！
全都是高标而苍老的古树，
伟大的山脉环绕着无极的苍穹。
千寻的险壑在前，
山溪奔腾而下。
寺院的钟声频频，
遍山相呼应。
穿过寺阶郁郁的松柏，
她在神坛前立定；
脸上显着祈祷的虔诚。
高的圆柱向
屋顶的穹窿屹然上升。
屋顶的四隅满装着斑驳破损的雕像；
风化了的四壁织以各种色彩的阴影，
如梦幻地隐约着各种神兽或天人。
一声声的木鱼响着幽静的谐和，
四面的墙壁和圆柱音乐地震动。
心被压住了，甘美地，沉重地。
全院充满着如呻如诉的低语声。
坛前的神香萦绕着迷宫中的雾，
蜡烛和油灯的光，在雾中摇晃。
金黄的佛像祥瑞地闪耀，
在宽大而辉煌的神龛上。

她低着头，软然地跪下了。

"啊，慈悲的（观音）娘娘，请救我吧！"

她充满了幼稚而诚朴的信心。

"请抚看我的灾难，

啊。请把我从死和耻辱救返！

神之母哟，并请恕宥他吧，

请把他从宽地裁判！"

眼泪从她苍白的颊上滚下，

双唇微闭，发出渴求赦免的闪光。

我本，素不信仰宗教，

我的心儿也似乎有所祈求。

当我的幻想偶尔飞出这四壁之外，

我看见人类是如何地被遗弃，而且卑下，

到处埋伏着恐怖与危险，

到处只是阴暗的小屋，城土的颓败。

不觉间，把她拉到自己的胸前，

为了一种激动的更高度的亲爱。

她仰视着我，

微微地笑，在闪耀的泪光下。

当我们离开了那神秘的灵隐，

夜的黑翼已笼罩了大地。

繁殖中的萤火熠熠，

与天上的星星对耀。

但当我们再看见那喧哗的灯市，

梦似的心的音乐便给打灯泡似的碰碎。

一切顾虑和不快的回忆，

又将我掷到世纪的憎恶，无情的真实，

为了她幼稚的信心，忍不住的祈祷之焦渴，

我才被伴到寺院；
其实，宗教的祈祷又算什么呢，
仅止供人类麻木的沉默，暂时的欢娱。

哦，我是沉入了如何痛苦的深渊，
旧伤未了，新疼又来。
这样晦冥的冬天呀，一切都似消了。
成天的阴霾密布，
湖水死一般的忧愁。
群山露出苦痛的黄土背脊，
垂柳停着绝望的瘦骨枯条。
沉默的堤与桥，纵横地躺着。
整个的自然是这般地萧飒零凋。
不堪回想呀，尤其是那水边，
那阴亭，那草地的寂寥！
湖边久不见那翩翩的白影，
难怪这湖山不成了荒郊。
啊，她在苦难中挣扎着，
她的灾痛怎消？！
我这不可赦免的罪人呀，
你不惭愧？你还有面目在这儿逍遥。
去吧，去吧，
去看看你的姑娘，
那胎中的孽障已在动，在动，
她的惨苦已达最高潮。

啊，第二次的春天又临，
你犯罪者哟！

你勇敢作恶，为甚却又与怯懦缠绞？
去呀，去呀，
你的儿子快要向你哇哇地哭叫，
她最后的灾难快要临头！

惨心呀，这狼狈的情景！
她正在凌乱的床上横陈；
双唇如死一般的苍白，
黑的双眼紧闭
这周围的呼息如诉，
如在无言中呜咽。
屋角的阴影沉沉，
隐约着无数恶灵；
仿佛在那儿霎着眼，
向着我这罪恶的闯入者嘲笑。
我似乎沉入了一个动魄的迷梦，
混乱之中，感觉彻骨的疼痛。
这儿曾飘漾她处女的幽韵，
这儿曾呈受她圣洁的波动；
充满了天人的馨香，温暖的生命，
在这儿生长成了她这柔颜的情种。
这儿曾是如何的肃静，整饬和平，
在这清贫之中涨溢她崇高的精神。
如今呀，那温柔的吟咏何处去了？
何以由那至福的天堂，
一变而为悲惨的地狱。
哦，这景象何等惊心刺目！
翻开了无数传奇的悲剧，

这至惨的悲剧就落在我的前面。
"死就来罢，我的心儿太疼痛！"
她忽然在惨梦之中哀呓，
散乱的发丝垂儿落地。
"啊，饶了我吧！
我如今在你的身边，床第！"
我的哽咽难忍。
"他，是那般的深情，
那人呀，叫我怎能忘记！？"
"他如今在你的身边，你的那人，
醒来呀，我的心儿急！"
她猛地张开眼睛向我凝视，
简直不认识了呀，
她的眼睛硬嵌着如一块磁石；
发着令人打抖的惨焰，
表示出最后一息的哀挚。
"是你，
哦，你从什么地方来？
你怎样飞到这楼上！？"
她紧握我，以她那冰冷的手。
我流转着眼睛向她示意，
那靠南的窗前正有一株枯树，
吹着风儿萧飒。
"走呀，快些，
你不赶快，
我的妈妈会上楼来。"
她突然发急，
要我立刻就爬上那窗前的枝丫。

却又勾紧我的颈项，
猛烈地吻着我的胸膛。
"去呀，可以去了，
赶快去！
快去救起你那可怜的儿子，
如果他能活，
他有做人的运命。"
"就是你的，哦，我的……
怎么了，我们的那婴儿？"
我急问，以更大的惊愕。
"是的，不要问，
可怜呀，他那无知的惨叫，
现在还在刺我心窝！"
她的双眼发出更可怕的磷光。
"包裹着棉花，
丢在湖水里，
这朝东的窗下，
我想，还没有沉落，
这小东西，
我想还在浮，
还在动；
他的小手儿打着冷波，
尽将棉花弄。
快去，快去，
救你的儿子，
你这父亲！
带他到无人知晓的地方，
逃出耻辱。

赶快，赶快，
哦，我的妈妈快将上楼！"
她吻了我，
最后，推开我。
我向朝东的窗下看，
小儿想已沉落，
水上已无影踪，
只见碧空板着脸，
绿湖，却新染了几点血浪。
"去吧，你在这最后
难道还要给我苦痛！?"
我的心儿乱，
我的魂儿散。
湖上的风声忽紧，
山中的林涛如咽。
我跳出了那窗楼，
眼前皆梦境，
一切皆梦境。

人类至惨的悲剧深刻我的灵魂，
夜为恶梦所扰，
日为哀思所困，
我已熬尽了天赋所有的精神。
繁星泪眼于上，
群波呜咽于下；
空中，布满了悲惨的精灵，
一见湖山便使我痛心。
水上，常有人儿深夜暗哭，

这儿好像屈原的洞庭。
树影乘风长啸，
我战栗难任，眼泪连连涌进。
我离开了湖边的居室，
但我不知再向何处避隐。
春波已在草上浮动，
我回想起去年的如今。
那时正苦难着生之烦恼，
不意沉溺于恶魔的诱引，
虽然世纪的隐痛，
仍是系我紧紧。
更回想到几年的漂泊，
再有何处是我的容身？
再没有陶渊明的绿柳。
何处没有人类的伤损？
更没有什么自然的神圣，
从此完了呵再也没有流浪者的绿林。
如果你没有力量担当这"现实"，
"现实"也决不让你逃遁。
如今呀，我向何处行进，
我经过湖边的烈士之碑铭，
他们曾是与现实的恶斗者，
他们是曾胜利的人间英雄，
哦，我怎禁你们英勇的讥评。
山下，有那无数阵亡者之墓，
他们都是为革命所牺牲，
如今却成了时代的冤魂；
群墓如活而摇动，

向我流泪而目语，
谁能救起这世纪的名闻?!
你已死者的精魂之群，
咒我吧，
咒诅像我这一群的混沌儿，无用的畸人！
我再回望那可哀的湖山，
宛如旧时代的，银色的古影。
空中，树上，飘荡着，
我的已死了的青春；
以悲苦的眼，
招着未来的人类；
永远忏悔地，
在那儿徘徊，浮沉。

第二章 战前之歌

河北民间歌谣一束

一

小白鸭，坑边卧，
爹爹打水娘推磨，
哥哥在地里拾柴火，
哎呀，哎呀，好难过！

二

秋风起，天气变，
一个针，一条线，
急得阿娘一头汗。
"娘唉娘，这么忙？"
"我给我儿做衣裳。"
娘受累，不打紧，
等儿长大多孝顺。

三

腊七腊八，
冻死叫花！

四

有米的腊八腊八嘴，（指吃年饭）
没米的拉扒拉扒腿。

五

李六，
捏豆，
捏了一升，
过了一冬。

六

小枣树，弯弯弓，
家角地里崩洋兵。
崩的洋兵倒了霉，
看你洋鬼随不随。

——原载《诗歌季刊》，1934 年创刊号，署名"超伦"。

逆水行

——小清河溯行的写照

河水幻化越澄清。
野荸荠的叶儿
出露水面更蓬蓬，
青螺样的山峰越高大
面貌儿多么切亲？
千佛山更不似刚才的朦胧，
斑驳的古树崖壁反射着晚阳红。
人儿们心坎里烧燃起希望的焰光——
今夜归宿地已依稀可望，
站起身：晚烟里，绿荫中
的一点点，那不是浑红的屋顶？

越切盼今晚归宿的早到，
一段急流蓦地横加阻拦。
司机尽心地和激溜搏战。
突，突，突——机轮暴吼连绵，
汽笛怒叫声冲上青空，
水手在篙端赌着性命，
身躯几乎似水平，
热汗不住落晶晶，
长篙早像满弓一般屈弯，
也只仅撑着船儿不倒行。

浓蓝的岚瘴已吞尽长垣的南山，
波面上也挂起晕蒙蒙的雾帘，
前面的太阳落了，也隐了红霞片片，
黑夜已在大空里兀兀地做起试探。
船儿只在激湍上打旋，
被波浪冲击得不住呜咽。
拖长的时光把眉儿皱就一团。
猛抬头亮起明煌煌红灯万点，
遥遥地把人儿的希望烧燃；
水里玻璃丝似的倒影也不住闪泛。
束狭了的河水正不亚怒马的驰骋，
一松劲船儿又打了个横，
水鸟啪啪地飞起还挟着嘲笑，
雇夫推旋桩，风车般飞奔，
怎奈松松的绳儿拖曳地下，
才不能把船儿半步前进。
"来吧！我们为了同一的目标，
快快一齐下船把手动！
不要尽让一二人为咱效力，
要求解脱，还得自己救自己！"
如雷地这样吆喝一声，
大众们一个个挽起纤绳，
更有些去推拥旋桩，
谁都不敢留半点余劲。
司机也重新抖擞了精神，
水手们更将原始的气力奋，
猛一响山裂般震怒的吭唷，
啊，沉重的船儿踉跄起

在大众齐一的步伐下前移。

拖呀！这激溜已渡过大半，
在工人的领导下只管进前，
紧抱住坚毅的信心，就要证明——
天地间没有枉费的血汗。
勇猛地前进，怒吼着向前！
哪怕它更有险波万段！
就让它是三峡当前！
更让它是国际汪洋，
涛浪掀天
浊雾弥漫！
只要我们豁①上集体，壮烈的热血，
一样地给它踏个透烂。

1935 年 10 月 26 日

——原载《诗歌月报》，1936 年新年号。

---

① 编者按：豁，原版为"霍"。

石榴又爆炸了满树的火花

石榴又爆炸了满树的火花
爬山虎又绣绿高高的楼墙，
但是——我的孩子，我的芽蕊，
永远去了——占一块小小的乱材岗。

乱材岗上早不见了你的土堆，
每夜墙上还映着我们的瘦影——
你妈的和我的，却暗淡了你的——
上面刻着鞭链的重重创痕。

每逢看着那只泥老虎，
——你指着人的，我就想起：
你的话："我要做个老虎，
吃掉欺侮爸妈的人儿！"

每逢看到那条木棍，
——你叫着枪的，我就想到：
"我要打死叫咱挨饿的人，
到我长得和爸爸一样高。"

我深知在你细小的血管里面，
有着烈火的血朵在燃烧。
谁料你竟一病死掉，
随那次终于失败了的罢工浪潮！

恶魔们毕竟掩不住血腥，
别看他拿腊油涂抹了嘴唇。
我永远忘不了呀——那夜
我们带着你潜进河边的树林。

狗仔们到处逮捕工友，嚷着：
"捣乱的工人！ 胡闹的工人！"
那夜你妈挎着剩残的食品，
我背褡着你逃出了家门。

红灯下走过爬山虎缦蒙的楼墙，
夜阴里走过石榴花飘香的花园。
走过了黝黑的伤心泪流的乱材岗，
后来咱们伏处林中伴河水而呜咽。

谁知半夜里来了雷雨，
天气突变得像霜降的秋深，
你娘的瘦肋虽有些儿温暖，
究竟守护不住你小的命根。

再打上罢工期长时的饥饿，
救护队又遭了恶魔给遣散，
我没钱给你养病又忙着苦奔，
拼命地用全力和狗仔们搏战。

恰在被出卖的日子你死了，
我只得按着剧痛去复工；
把愤恨暂且埋下了心底，

我又走进那所他们的铁门。

我们的生活半点没有抬高，
希望哪里把握得丝毫？
你的死灭给我们更认清了，
磨牙吮血的真正面貌。

石榴又爆炸了满树的火花，
爬山虎又绣绿高高的楼墙；
为了不幸的我们的不死，
斗争的酵子又在我们伙伴里酝酿。

1935 年 7 月 4 日

——原载《青岛时报》，1936 年 2 月 8 日。

野战病院里

一

王得胜躺在征发来的床上，
意识被剧痛送入昏迷状态。
百忙的那副担架，血污还滴，
他的左腿已抛去山坡，荒外。

他靠着点天灯般裹缠的头面，
他挨着垂死鸡样的手抡脚踹；
"娘啊！娘啊！"的鬼叫，他听不见，
"冤呀！冤呀！"的猪嘶在他耳外。

他看见老母的皱脸，在流眼泪，
他听见小儿的哑声正喊爸爸，
老婆儿为了饥饿已上了吊，
债主嘻开金牙："醒来好改嫁！"

二

一阵钻心的痛楚，把他惊醒，
摸一摸，壮健完好的腿已不在。
他这才破口大骂声：××××！
昧天良的，怎把我的饭碗摔坏？！

悔不该听那营长的诡计：

越级升官：倘若××胜利。

滚恁妈的！一切弟兄们的幻想：
什么捡洋落？什么吃小鸡？……
团长得了商会的两千，还有无数的罚款，
小兵们枪毙了！不过为了百姓的一件衬衣。

三

他恐慌：没断气就抛出墙外，
他恐慌：没全好就赶回山岗，
这是他一礼拜来见惯了的地狱景象。
他更怕呀！根半腿只有去喂那山中的饿狼。

哭吧！哭吧！有谁可怜你？
院长是为了服从，才昧天良。
喊哟！喊哟！有谁答应，
担架一排排又拥挤到门上。

医兵报告了值日官，医官又问了院长：
只得抬出去，活埋呀！不然真是没地方。
啊！垂死的猪仔，扑啦的鸡子！
一架，两架……都隔绝了石墙。

四

司令的太太来了，蜂拥着马弁，
千里香使人打嚏，高跟鞋叫人心慌，
轻罗细腰，病眼迷离！
啊！床上一具具才是"看见母猪赛貂蝉"的活尸！

不要假装正经呵！你不是班子里的一只妖怪?!

每人两块饼干，三块酸糖，
谁也不许抢，这是司令的厚赏！
好好养伤吧！还有抚恤费。
太太小旦般，甜蜜蜜地装腔。

五

呀！这就是拼命的酬劳吗？这么一星半点！
拿去吧！哄孩子吧！老总不稀罕！
商会的款呢？捐呢？罚款呢？……
看起来：怎真不如匪，怎这黑心的杂种。

王得胜咕噜一下翻起身；给我的腿！
锯了腿，以后怎吃饭!?
不要活埋人！不要往外赶！
受伤的弟兄们起来！一齐呐喊！

叭！一震响！一闪电，一股烟，
铅弹已打进脑关，鲜血化成一股喷泉。
煽动者！大家不要听他的谣言！
啊！王得胜在迷糊中竟获得了长眠。

——原载《青岛时报》，1936 年 2 月 15 日。

太阳的群

地球的脊背上驰过巨人的行列，
手挽着地球，怀抱着太阳，
刚拂拭了江南天板上的雾瘴，
立即又溶解了冰雪的北方。
看样子走遍世界也不会疲倦，
在刀山上攀爬也没有慌惶，
正像以色列人日夜兼程地出离埃及，
火柱的光照中流着奶和蜜。

太阳笑对着倾吐情热的焰光，
大地母亲把新生的摇篮轻荡，
新鲜的旗帜在晨风中向四方招手，
诗人也准备了濡润的歌喉。

伴奏着竖琴诗人赞美的轻唱：
"人类的再造啊比上帝高强，
'迦南'的创造者们践的是火热的大地，
古老的造物主啊却在天国里深藏。"

自由的歌声随人群的洪流广播，
雄劲的音标感染上奴婢的心窝；
为了共同的解放必需更大的结集，
沙漠的长途灌透湿润的血雨。

澎湃的血潮滚向融雪的世界，
理想和现实吻合着拍节，
信仰、友情和大众的呼吸，
早在过往的泪海中熔铸。

地狱的血口连连爆发燎原的烈火，
疯狂的牛马挖净骨子里的怯懦，
穿出迂回的鸟道，辽远的行程，
鞭伤的丑脸面向了捷径。

工作场，田塍边……消逝了病饿的呻吟，
黑大的拳头挺起来，挺起来羞惭了森林。
宇宙内饱和了雷轰海啸的高歌：
"来呀，享乐我们生动的战斗的生活……"

勇健的歌声吓碎了白嫩的王孙，
歇斯底里的老婆婆早在暗泣，
敏感的诗人也未料到这样的神速——
弱小的海燕竟唤来满天的风雨。

点燃的步伐冲开条血路前进，
坚固的炼狱锁不住撒旦的群，
艰苦的日子锻炼出坚贞的信仰——
咱们的真理匀称于任何的土壤。

血红的圆眼的光簇射向渴血的堡塞，
万重的壕堑怎敌得地下的埋伏？
咱们的队伙是恒河里的沙数，

由帕米尔的顶巅绵延上吻波的岛屿。
咱们死一个更跳起十个，百个……
咱们失一群更增进千群万伙……
冲上去，冲上去前卫的阵线没有败退，
昨夜的仇敌今晨就会对咱们讴歌。

一个闪电，光明把世界弥漫，
诗人的手掌在史诗的边外抖颤，
定静了惊慌中摔碎诗琴的迷离眼睛：
"啊！神力的创造啊，您太阳的群！"

1936 年 8 月末日

——原载《诗歌小品》，1936 年创刊号。

寻觅桃源的人们

眼光射住地平线，
香甜的果子缀在那边。
纵长途磨破了脚板
绝没有蜂虻似的嗟叹。

深心中只有一个祝愿，
"十字军"怕没有这么诚虔？
沙漠、山峦哪算得阻障，
比起过来的暴秦的关山？

没有绿草也没有清泉，
伴看他们的只是太阳和星点。
僵硬的腿呀快走，快走！
追兵近了：或许只剩了一箭？

多年的火种烧焦了满身的疲倦，
鼓励的旋风在人群中狂卷：
追捕队里也有不忍杀咱的人在，
连年的炮灰就是铁的证见。

眼角里没有斜视和回盼；
怒潮的尘头一直向前。
背后的地狱让它迅速地衰老；
沙漠尽头定会涌出甘泉。

阳光总不会长埋在暗夜，
严冬又哪能永锁住春天？
信心终未辜负他们的辛勤，
有一天人群终竟步入了桃源。

——原载《青年文化（济南）》，1936 年第 4 卷第 2 期。

旱

蚨蠊热心地吹着洞箫，
圆月悠悠地爬上树梢，
破院内列着歌舞的蚊阵；
妈妈正在心意烦焦。

她愁着锅儿里缺乏米面，
她愁着锅底下没有柴烧；
她更愁着天爷不下雨呀！
红粱一斗又涨了三吊。

尖起聋聩了的耳朵，
分明是人儿的步声。
睁开昏花了的眼睛，
才看出是儿子的姿容。

"儿啦！你好哇？
你拿钱来了，还是米？
……
怎么你不搭腔呢？
莫非身上不舒适？
……
和娘讲，有甚委屈；
可又是东家欺侮于你？"

儿子倒在母亲的柔怀——
那半张污席上重温了母子之爱。
他颊上映着冰箸，心底弥漫着悲哀，
任凭娘怎样惶急，唇儿只是不开。

"娘呵！不是旱了吗？
作恶的天爷，从五月……
初一下了那场雨；狠心的！
还没见一个雨点呀……
时候呢，已有了两个多月！"

"可不是？咱村也抬了龙王爷，
晒了一集可还是不见雨；
白天尽是阵阵清风，
夜间尽是满天星星。

"后来又把它送回了庙里。
他老人家倒挨了一顿脚踢——
张三，租地种瓜的那穷汉，
连连说着："揍死你！揍死你……"
又给了它两个耳巴子——
五秃子，那给七先生家捎地的。

"前日你六婶婶，那多年的寡妇，
又穿上一身红，爬上柳树；
哭了一晌'黄天'，后来真哭了，痛痛地，
但是！终于没见老天掉下一颗泪珠。"

"娘呀，就因天爷不下雨
我才和王母村作了别离。
那里，我一气住过五年半哪，
一旦东家和我说明了心意。

"他望望天边的赤云，叹了口气，
啊！他又失望了，今夕；
他呆看我一会儿，又瞅瞅地……
我知道他有了碍难出口的话语。
最后才叫起我的名字——家玉！

"你回家吧，这儿还有余洋一块，
雇不起你了，没法子，实在！
苗儿枯干了，你也看见，
这里，今晚请你即时离开！

"我哪里肯走，和他拌了嘴：
——啊！你们这时逐伙计？
全不念忙时候，麦秋之际
全不为穷人着想，设身处地。

"他说；可是他也动了气：
这能怨我吗？绝非从心所欲。
那么上边为何不把我来赦？
区部又派来剿匪捐，招兵费，
镇上又坐了预征的钱粮柜。

"我说：——但是您总比我强，

仓里不是还有两囤积粮？
我，也是人生父母养呵；
家中已饿着五十多岁的老娘！

"但他只是扭着头，不睬理，
坚持他的主意：——快出去！——
我只得拿了钱，踏上归途。
我有什么法儿呢：向人告诉？
人们说，那只好去问老天爷！
又不能去告状，听说官上——不，
到处没有保护长工的法律。"

充上心头，又是一阵气，
"娘阿！反正没有穷人的路！
去当土匪吧，我要杀尽富有阶级！
三万多呀！——朱镇就有一股。"

蟋蟀拉起凄凉的胡琴，
代奏出儿子胸中的悲愁。
月儿躲在柳后，透出条条白线，
那分明是娘颊上的泪流。

听清了儿子的话，她吓破了胆：
"快别胡想吧，我的娇儿！
您爹是怎样死的，你还？……"
干枯的手掌已堵上儿子的唇边。

想起往事……母亲已在哽咽，

儿应劝娘呢，抑是娘劝儿？
惟恐气坏了——儿子不是好脾气，
放开湿巾，又抚慰起儿子。

"儿啦，快别胡说乱道吧！
就是你一人呀，我的膝下；
你若有些儿好歹
我怎能活在这世界？"

"但是，娘！我满心在家，甘愿陪你，
像那富人的家属，形影不离。
但我们凭什么延挨岁月？
没有人叫短工的，长此不落雨。

这儿还有一块钱，给你，娘！
我是非出去不可呀，就到镇上，
那儿正招兵呢；去的并不少，
那天赶走了一伙，宛如剪了毛的群羊。"

没有权绳，怎缚住儿的心！
没有钱纲，怎能罩住儿的身！
"不过记住，千万要及早回转，
我还望重得聚首在我的死前。"

儿子坐起来，又倒下去……
母子俩只有默默地互闻啜泣。
月儿落了，蚨蠊睡了，蟋蟀倦了，
周围只是无际黑暗，无上寂寥。

东方亮了，曙光现了，
儿子步上征途——野草青青，
母亲送出街道，送至村边，
停了步，又把话儿叮咛。

"谁逼你出去呀：东家？天公？
千切莫多杀伤人呀，那全是你一般的穷弟兄！
不怕是人们骂的'匪'，你也应当同情！
试想：谁个没有哭瞎了眼的母亲?"

"回去吧，娘；一切知道了！"
草上的朝露，洒上地面，又浸湿没袜的赤脚。
囊中的锅巴，透过破衣，烫着秽黑的背脊。
走，走，走……已到了广大夹道的柏林边际。

再行几步呀，娘影消去。
频回头：土地庙前，娘仍伫立，
手儿只挥，娘又爬上庙台去。
"不去了吧！"但身形仍被黑林吞噬。

谁使俺母子分散，娘儿别离?
别了！张家的牌坊，胡家的上马石！
别了！卖掉了的我的茅舍，祖遗的故居！
定要填平这凸凹的人世，此去。

1934 年 8 月，邱

——录自《战前之歌》，诗歌出版社 1936 年 12 月版。

风 旱

黑风过了
枝头叶子也给剥了个干净。
挑水夫脚下的花苗焦了,
徒落得个两肩红肿;
决堤海水似的黄沙
葬埋了刚刚萌芽的谷种。
没有雨意呀——
西天又给夕阳烫了个火红。
再来吧:干土里也只得播种,
收拾碾磨顶上的再往地里送!
希望拌和了侥幸,
执拗的心上又箍上一套美梦。
谁料又刮起横风,
剿灭了新芽的萌生。
眉头上:白昼化成了黑夜
心窝里:良田变作了荒冢。
等待什么,穿制服的人儿哟
才是催款的,哪里是放赈?
挺起胸膛,(不等死了!)
饥饿队里闯吧,去闹个火轰;
抖索着地头上打磨旋有什么用?
反正西天又给夕阳烫了个火红!

1935 年 5 月,故乡

——录自《战前之歌》,诗歌出版社 1936 年 12 月版。

老天爷

老天爷，不下雨，
老天也是狠心的！
五月初一落了泪，
一直旱到七月七。

七月七，还不下，
地里一片干巴巴，
谷子高粱不秀穗，
棉花落成秃喳喳。

秃喳喳，人上愁，
清清闲闲过大秋，
好主场院净光净，
穷人地边瞎转游。

瞎转游，没的拾，
紧紧腰带过几时。
好主更会巧打算，
按住仓囤不让吃。

不让吃，有啥法？
卖去老婆儿喊妈。
卖去孩子娘不忍，
难煞俺这穷措大。

穷措大，要出外，
又被乡长抓回来：
钱粮不完怎能跑，
谁能替你顶官差？

顶官差，真啰嗦，
小板大牢忒难过。
一个月尽回家转，
原来缴洋二十多。

二十多，哪里拿？
老婆卖给别人家。
老母吓得丧了命。
拉起孩子当叫化！

1934 年秋，邱

——录自《战前之歌》，诗歌出版社 1936 年 12 月版。

战前之歌

太阳的烈火在空中烧着，
血液的烈火在胸中烧着，
宇宙和人生
简直成了一团炽燃的烈火。
那边是兵士，
这边是农民，
兵士们挖着散兵沟，
农民们掘着外壕。
啊！遍野中是人类的河流，
阳光下是铁器的波涛。

啊，这是自己的双手！
啊，这是自己的苗禾！
我双手牢牢地握住铁锹，
狠心地挖掉生气蓬勃的苗禾。
这里，有我们播种时挥洒的血汗，
这里，有我们耕耘时奔涌的心血；
这里，也曾完粮，纳草，上捐，
——受了重重的剥削。
全家的希望，
生命的源泉
农人的命脉，
一旦，啊，惨酷地化为了
几百里连绵的枯河！

绿油的谷豆已在抽穗结荚，
灿烂的草棉花儿已在红黄斑驳，
青竹样的高粱已晒青米，
玉蜀黍的包子已如筋肉隆起的胳膊，

残忍的摧毁：
无情的斫割！
凝视着自己儿女样
苗禾的碎尸残骸，
眼泪儿瀑布般的奔放，
骤雨般的倾泼。
啊，农民们的泪水
把这内战用的外壕，
化了一条汹涌的大河！

太阳晒得我头晕，
全生命的气力已消耗殆尽。
挖掘的壕沟宽又深，
堆起胸墙，堡垒如坟。
啊，弟兄们！这是
在替自己掘着合葬的坟墓！
亲爱的弟兄！
亲爱的农民！
莫怨我们吧！——
我们原来也是你们的化身。
我们家中也有啼饥的子媳，
我们家中也有号寒的双亲，
我们原来也是度日勤慎的良民。

只因水，旱，灾荒，
战争繁频，
呵，家里破了产，
这才出外来从军。
不要怨我们吧！
——为您的田地，
我们哪，
才更是铁鞭下的羊群！

啊，莫怨俺吃掉您田里的西瓜，
莫怨俺斫伐您苍翠的果林，
我们三个月了没有关饷呀！——
满心愿意出钱买
怎奈袋中没分文？
斫伐树木，
那更是长官的命令，
一旦开了火，
您的房屋，性命……
哪一样能逃出炮火的虎噬狼吞？

太阳不忍看了——
空中笼上层层的乌云……
雨水打着赤背，
打着眼、唇，
呼吸滞塞了，
啊啊！天公！
你老人家也这般的狠心！
嘣！……嘣！……嘣！……

——监工排长的子弹打中
向园屋跑去的农民。
凄惨呀：血水伴和着雨水！
残忍呀：雨声中泄出了呻吟！
啊，无辜的农民身犯何罪，
刚逃出了炎阳的蒸煮，
又作了枪弹下的牺牲？

回去！上边催得紧急万分！
快掘！枪子儿可不知容情！
干么不掘，只在那里打颤？
啪！……啪！……啪！……
连长的皮鞭打得人们昏朦。
喳！——
白光一闪，
铁锹已铲上同伴们的面庞。
鲜血从鬓流到腰，
从腰淌到胫，
啊，又是一条关天关地的人命！

看着作践的禾苗，
滥掘的土壤，
心中又涌现了前次战争的创伤：
财产化为灰烬，
生命尽归死亡，
啊，还有个更可怕的
战后的饥荒。
如今又要割裂了，这创伤，

那么我们又要吗，
化成无家可归的流氓？

看着渐深的堑壕，
渐高的胸墙，
心中又唤起了自家人火并的血痕：
炮火连天，
弹雨枪林，
啊，紧接着那是血肉横飞的一群，一群。
如今又要重温了，这血痕，
那么我们就是步上这屠场的羊群。

烈火的太阳在空中烧着，
烈火的热血在胸中烧着，
农民们握手吧！
我们原是你们的化身！
弟兄们握手吧！
我们难免步入你们的群！
我们认清了
谁是给我们酿造不幸的暴君，
拿我们的热血，怒火，
把他撕成碎粉，
烧成灰烬，
塞入这刚掘成的无理的坟墓去吧！

1934 年 6 月，邱

——录自《战前之歌》，诗歌出版社 1936 年 12 月版。

雨

层楼织在雨丝的网里，
街景化成了一团迷蒙。
伞顶，车棚奏着单调的声音，
车夫没命地向前苦奔。
天上的雨，身上的汗
溶化了，弥漫在灰茫茫的街心。
汽车里溜出了一条笑浪——
厌腻了干燥就来一阵雨淋。
伙友张望着天空，焦灼呀，
失意呀牢按在心头紧紧。
警察躲在岗楼里，抖颤着，
心坎上钻进了一股寒冷。
说什么守护的责任，
说什么站立在街心；
他们可都藏在暖室里，
管他冲破雨阵的一群！

1935 年 6 月

——录自《战前之歌》，诗歌出版社 1936 年 12 月版。

夜深了

夜深了，
伴奏的管弦隐在机轮的粗声里，
戏院的吹唱也遭了汽笛的吞噬，
只有我们守护着这庞大的都市。

夜深了，
我们的长官已从妓院归来了，
街彼端泯灭下①一股摩托车的尾音，
只有我们守护着这梦寐的都城。

夜深了，
轮响和继续的汽音诉说着城市的呼吸，
街心里我们还怀抱着冰冷的枪支，
啊！整个城市的生命只有咱们在操持。

1935 年 6 月，邱

——录自《战前之歌》，诗歌出版社 1936 年 12 月版。原载
《每月诗歌》，1936 年第 2、3 期合刊。

---

① 编者按："下"字，发表在《每月诗歌》一刊时无。

中秋月

中秋月，红又红，
抛了家乡来当兵；
当兵当了三年整，
如今还是个呀，二等兵。
只说发财好养家，
谁知到头落场空！

中秋月，黄又黄，
一月不过四块洋；
扣了三月菜金钱，
鞋袜衬衫账呀，不够偿！
小兵辛苦比官大，
发饷般粗不般长。

中秋月，白又白，
过节也不发津贴。
饷钱输给二排长，
白熬眼儿呀，流出血！
月饼上市酒儿香，
干看没子买不来。

中秋月，圆又圆，
随从又挂一大篮。
烧鸡，火腿，白兰地，

营长，太太们呀，大猜拳！
我们站岗公馆外，
两腿酸来嘴流涎。

中秋月，亮又亮，
秋风吹来阵阵凉。
他有斗篷，皮大氅，
咱还要着呀，夹衣裳！
太阳出来还好过，
晚上放哨直筛糠。

中秋月，光又光，
溪边桥头来站岗。
老爷太太怀中抱，
我们背上呀，一层霜！
想起那年打毛子，
俘虏倒比回来强。

中秋月，高又高，
想起沪战直跺脚，
打起鬼子真有劲，
干么下令呀，叫退却？
怀的他妈啥鬼胎？
卖国汉奸真欠刀！

中秋月，大又大，
他们全是仗大家。
喝了兵血长肥肉，

吃了兵肉呀，肚子大。

一旦大家翻了脸，

管叫孩子哭亲妈！

1934 年秋，邱

——录自《战前之歌》，诗歌出版社 1936 年 12 月版。原载《诗歌季刊》，第 1 卷第 2 期，1935 年 3 月 25 日出版，署名"超伦"。

暗夜里

暗夜绞着冷风，
星光礁着草棚；
得意的人儿沉入了梦境，
草棚里透出呻吟的声音。

风声间歇地应和着哀怨，
一个急喘一个呻吟：
"今晚……我要死了……
有谁……照管……咱们？"

"没有茶饭养病，
更哪有钱请先生？
爹爹干么不来家，
老在外边做什么？"

"捶吧！妮……来，毙死了！
别喊他……了吧！他……他
调到老……山西去了，
哭死，喊死他也不来家。"

"捶吧！妮，捶就是药！
加劲哪……半点不行了！"
"没点儿劲了，—— 一天没吃饭；
眼潲了，—— 一两宿没睡觉。"

一声声沉入茫茫的暗夜，
像大海上吹落点点浮尘。
冷风阻住了光阴的脚步，
赶什时才到人醒的黎明？

1935 年 7 月 8 日，邱

——录自《战前之歌》，诗歌出版社 1936 年 12 月版。

运河岸上（一）

闸框偃卧于河底，
桥梁似尸身窒息，
纵有雨水假装地潺湲，
究唤不活繁华的往昔。

往昔的君王永逝了，
也殉葬了他这命根。
如今嫌它太原始了，
哪及得上近代的文明？

倾圮的屋舍残骸，
掩映着饥民的骷髅。
多少船夫随了鱼虾一道，
多少河工变了闪闪的贝壳？

铺户上封条早褪了颜色，
店员也不知跑到哪儿去？
小贩们天天清瘦，
堤树上军马天天肥。

马儿的一片声嘶
送走了红晶晶的夕阳，

满天还涌着血色的霞光，
象征着不用运河的膏粱。

1935 年 7 月 3 日，聊

——录自《战前之歌》，诗歌出版社 1936 年 12 月版。

运河岸上（二）

就河堤修成平阔的马路，
货栈遗址驮满游人的足迹。
数不清红红绿绿的衣衫耀眼，
各色的脸庞溢出内心的安闲。
芭蕉扇旁有对方肉体的欣赏，
晚霞里波动着军歌雄壮。
不见了昔年奔马样放闸的船队，
天边上交织的明丽如扇的篷帆。
歌女的调子远不如浩荡荡的流水，
粗野的军乐又哪里
跟得上清脆缠绵的船夫曲。
每当晚烟笼络了夕阳、绿柳，
凉席上偎满吃茶的富贵，
矮松剪齐的墙垣外，
和花香相伴，翩翩地来了
色彩组成的妓女，
轻松的长衫，整齐的西装，
追逐着像蜜蜂在花丛里飘飞。
这些没有明日的人们，
整天以光阴、金钱向罪恶里沉沦。

1935，暑，聊草就；秋，齐改作

——录自《战前之歌》，诗歌出版社 1936 年 12 月版。

海河水

海河水，向东流。
狠心老婆不回头！
大孩哭，小孩叫，
他娘悄悄不见了。

海河水，混呛呛；
您妈，您妈谁家藏？
找大街，问小巷，
哎呀想当老板娘！

海河水，波浪翻，
吵吵闹闹到法院：
买状纸，花写钱，
老婆归根断给咱。

海河水，起潮高，
她坐河边把泪抛：
不跟你！不跟你！
你家缺少柴和米。

海河水，归大海，
老少男女围上来。
张爷说，李老讲：
穷酸干么讨婆娘？

海河水，太无情，
他们向西她向东。
中间路，起怪声！
汽车闯过一阵风。

1934 年秋，邱

——录自《战前之歌》，诗歌出版社 1936 年 12 月版。

更夫曲

汽车进了栏，
电灯熄了明。
只有俺
擎起冰冷的梆子，
一匝匝，
一轮轮，
在冷暗的夜里巡行。

鸟也知道休息，
虫也知道疲困。
只有俺
为了两顿剩饭，
忍着困，
挨着冻，
在替主人守护梦中的安宁。

星儿是俺的伴侣，
霜露是俺的友朋。
梆，梆，梆！
敲不断的长夜里，
像乞儿，
像游魂，
听熟主人的鼾声。

男的鼾声粗，
女的鼾声细。
只是俺
这么大的年纪，
没有家，
没有业，
以前以后的日子哪敢想起？

小姐叫俺猫头鹰，
老爷骂俺瞌睡虫。
俺没有
他们那种狠毒心：
出放印子钱，
鞭子抽苦人，
多少苦工为他丧了命？

踏过小桥，
（早没了她们的歌音，）
穿出花丛，
（寻不出他们的酒醒，）
月儿呀！
（不是她们中秋赏的了！）
又从假山背后上升。
（啊，臃肿的库房上一片通明。）
过珠房，
脚不停，
快到地下室——俺那天宫。

冬夜里冷，
夏夜里困。
一年年，
人家的黑夜当白天。
苦，苦，苦，
暗，暗，暗，
长年见不着光明。

梆，梆，梆！——
苦，苦，苦！——
梆子早敲变了声。
他们的暗夜才是俺的光明。
什么时候变成世界的主人公？
把黑夜送下地平！
把梦魂敲得苏醒！
梆梆梆！——苦弟兄！
起来收拾咱的乾坤！

　　　　　　　　　　　1936 年春

——录自《战前之歌》，诗歌出版社 1936 年 12 月版。

寄母亲

母亲！
我又使你失望了，
我不能听从你的命令；
把劳力向你供奉，
像你劝我的：
"预备老年的享用。"
我是没有老年的，
我只保着这永远的青春。

母亲！
我只有使你失望呀，
我不能遵守你的教训：
"育子养妻。"
纵你再骂我一百次
"傻子，忤逆！"
我也不改变了毫分，
时代早被我磨成了一面明镜。

母亲哪！母亲！
请停你诉苦的信音！
我深知故乡已成了荒废的农村，
我深知你儿的一身
不能挽救家庭的贫困，
也不能牢守在你的身傍，

天天安慰你的焦心；因为——
母亲哪！我还有个更伟大的母亲。

故乡纵已成了荒废的农村，
但中华境内，哪里
还有一处完好地境？
你也觉生活的不安吗？
但我恨你呀，
恨你不了解儿子的心！
你为什么，为什么
不变做个高尔基胸中的母亲？

1935 年冬，齐

——录自《战前之歌》，诗歌出版社 1936 年 12 月版。

谁弃了谁

是她弃了我？
是我弃了她？
我不要她那副娇好的皮囊，
我要的是火苗炽烈的胸腔。
我只望她有和我竞进的脚步，
我只想她有苦斗到最后一刻的意志。
谁想她竟变了节，
她的齿轮锈腻了呢？
她是走上绮罗的队伍了，
投入灰色的逋逃薮①去了。
我对她还有什么留恋？
我只好硬上心尖，
驱走她的影子；
我没有余暇为她垂泪，
更不自杀，像那些痴子。
——你得意吗？
我却有着黄金的工作：
天天在为人类高唱解放的战歌。
如今没有了对你的牵挂，
我工作得好不快活！

1935 年冬，齐

——录自《战前之歌》，诗歌出版社 1936 年 12 月版。

---

① 编者按：逋逃薮：藏纳逃亡者的地方。

嫩弱的女郎

昨夜你踏青归来，
再不按那架钢琴，
入场券你也不瞥一眼，
任画报蒙着那层薄尘。
只是懒厌地倒卧软绵的床上，
食欲低了，体温却继续激涨。

昨日桃红柳绿的河边，
你可瞧见那赤臂村女的摇船？
风吹雨打里她们还大汗淋淋，
对她们你可也觉着羞惭？
命运的铁锤将要敲上了门，
琴调里已不许再孕育幽怨；
山青溪绿的故乡已不再见，
往昔的荣华化为历史的残篇。
温柔是一个消弭健康的熔炉，
我们该从熔炉的火焰中跳出！

　　　　　　　　1935 年春，故乡

——录自《战前之歌》，诗歌出版社 1936 年 12 月版。

夜渡黄河铁桥

……隆辚辚，隆辚辚，

达碌隆东突辚辚……

火车奏着雄浑的调子

一程程激昂地向前飞奔。

汽笛声里拖来个小心，

白光一闪"慢"字倏地没了踪影。

火车向钢铁的樊笼驶进，

人心里袅起好奇和兴奋。

车窗上掠过条条撑天提地的巨臂，

震耳欲聋的轮音却变得格①外清脆。

车独眼样明灯指示下飞渡，

人在机器运转中突进。

煤屑击打得脸儿生痛，

广漠的夜里绞出一股冷风。

下面忽地现出一片光明，

隐约中似乎万千金蛇溜驰；

倏地又化了一湾血浆——

啊！这一定是上游，上游来的！

上游有连年的灾难——

一年淹一年旱还密杂着兵燹；

生路早变成一条足力的铗棍，

终于夹出来一个火花——太不平凡。

这火花要烧焦郁郁的山岭，

———————————

① 编者按：格，原版为"更"。

要颠覆荒凉的野原，

要毁灭不适人生的大漠，

要像你黄流贯通中原。

啊怎么，怎么血浆又在汹涌，

倏忽又幻化成黑漆一团？

一个个黑影连连，充满了脚下，

仿佛无数万的鬼影闪闪。

又分明都饮着黄水的苦汁，

一时又吐出摇摆一副苦脸，

忽地用那黑掌抓心，忽而又指向老天；

啊！您一定有悲愤得难以道出的语言。

啊！您可是黄浪吞噬了的冤魂？

您可是惨死于枪刀下的弱者，至今白骨未掩埋？

您可是在饥饿凶神之宝刀下的牺牲者？

您可是为了要活而饮了流弹的厉鬼？

您可是为了自家人的肉搏而吞恨终天的？——

不然为什么露出水面来啾啾哽咽？

蓦地群鬼由红水里上升，

登时咆哮声向夜空飞腾。

像地狱里撒旦率领的群魔，

为谋叛，蜂拥着杀上天庭。

一个个高伸着黑大的拳头，

咬一阵嗤嗤的矛齿又连连呼起巨声：

"谁使我们葬身鱼腹？

谁攫去了我们的生命？

还命来！还命来！我们要①活！

---

① 编者按：要，原版为"里"。

别坐在我们奉献的天宫里装神!"
声音像深山中一阵雷鸣,
四边的峰峦立即送来了回声;
这声音震撼得巴颜喀拉山在跳动,
并鼓起太平洋底洪涛滚滚似潮腾。
啊,这血流呀,鬼影呀正在沸腾上涌;
汽笛撕裂般的暴响又在耳边长鸣。

× × × ×

车轮隆隆给驱走了奇迹,
电火又唤回清醒的意识,——
我仍在工人掌管的世界里,
活生生地飞跃样地前驰。
火车头上的电炬把黑暗吓得溜走,
修长的樊笼终于到了尽头。
开阔的天地煞是舒爽,
坚隐的陆地上车也恢复了健康。
一阵清风馈赠我一怀欢畅,
哈! 蓦抬头,大光芒已出露在东方。

……隆辚辚,隆辚辚,
达碌隆东突辚辚,……
不息的轮转归根迎来个朝曦,
我的耳鼓长留着前进的轰鸣!

1935 年 11 月 18 日夜,齐

——录自《战前之歌》,诗歌出版社 1936 年 12 月版。

船夫曲

摇拉喂，
摇唉浩，
我们快拢岸！
我们快搭跳！（跳即跳板，船夫们简称跳）
这不是先前那些队伙呀，
伙伴们要认清旗号。
他们决不像先前的那些，
值不值对我们打骂，
动不动对我们开炮。（乡人有时呼枪作炮）
我们欢欣！
我们鼓舞！
今天得把自己的弟兄亲手摆渡。
奴隶的我们在得救里歌呼：
摇拉喂，
摇唉浩，
我们连接起几百只渡船，
抛下个人的工作，我们情愿。
我们奋起粗黑的胳膊，
把褴褛的弟兄渡过。
别看他们的衣服破烂，
却个个怀抱着太阳的烈火。
烈火像这些蔽日的旗帜，
要斩断我们头上的枷锁！
要为我们拼出个"人"的生活！

摇拉喂，
摇唤浩，
我们摇着地球转，
我们扶着太阳走。
黄河是我们的母亲，
我们是世界运行的舵手。
我们的祖宗来自上游，
我们的兄弟遍满亚洲。
祖宗创造了我们的世界，
他们的子孙却吞咽着哀愁！
我们运载着大地生长的货物，
我们替世人交换着有无。
是前代的暴君设下层层关卡，
关卡像铁闸封锁了我们的生路。
黄河水昼夜滚滚东流，
税捐却扼住我们的咽喉！
前年里弟兄们来了，
（是赤道上涌来了暖流。）
弟兄们冒着风雪来了！
踏着艰辛来了！
他们像铁的旋风！
他们像铁的瀑布！
瀑布冲坍了关卡！
旋风卷没了贼厮！
我们得救了！
我们更生了！

一切关卡一旦罢休！
宽阔的河面上我们恢复了自由！
我们要做太阳的桥梁！
我们要做地球的运转手！
我们带着的人群，
是我们人类第二次的始祖。
他们要毁灭这血腥的世界，
替我们开辟着新生的疆土。
他们去解放此岸的人类，
像彼岸一般的幸福。
啊啊！船只像一座天桥，
我们在激湍的中流里飞渡。
我们鼓舞！
他们歌呼！
歌声像顺风鼓着满篷，（篷即帆，）
每只音标激动着我们的肺腑！
啊啊！弟兄们不要道谢了，
我们感激的眼泪早已涌出！

当前的弟兄，
我们子孙的始祖！
你们去吧！
你们安然地去吧！
无须你们来动手；
你们已是这般劳苦，
又何必苦苦把我们来助？
更不要道谢了，
我们感激的泪眼早已模糊！

你们说，要去冲破长城，
要把长城内外的贼寇驱逐！
好！愿你们打败中途的敌人！
愿这九曲黄河上遍布你们的队伍！
只有你们肯把华北去解救！
也只有你们援助年青兄弟的蒙古！
祝你们早日扫灭到处的敌人！
祝你们早日洗净世界的疆土！

你们去吧！
你们好好地去吧！
无须频频回顾！
我们已晓得了——
要得解救，
只有自救的一途。

要得解救，
只有自己的胳膊粗！
我们永世忘不了，
你们临别的赠语：
——我们是世界的主人翁！
——我们是人类的最多数！
——宇宙间的文明是我们所创造！
——我们的胳膊是历史的撑天柱！

伙伴们！
快扬起我们新的歌呼！
把我们的歌声向世界传布！

摇拉喂!

摇唉浩!

1936 年 2 月草,3 月改

——录自《战前之歌》,诗歌出版社 1936 年 12 月版。

踏夜进行曲

走啊！走啊！
再用力！
别那么缓慢，
时代已不似从前。
速速地，速速地，
踏破这罪恶的城市。
青绿色的灯光，
那幻灭的光明，
你莫要贪恋！
红粉的动荡，
虚伪的嘶唱，
你莫要迷醉！
宽阔平润的马路，
刺破天幕的高楼，
虽是我们所建造，
但是在这未明的前夜，
那不是我们所得享受。
我们需要艰苦，
坚决地向前走！

走啊！走啊！
走遍都市的街道，
踏过都市的近郊，
走过数不清的贫民窟，

走出丛丛窝棚和地窖。
不要嫌黑暗,
不要生恐惧,
黑暗哪能久永?
撕碎祖宗留下来的劣根性!
就让道旁是鬼气充盈的古庙,
尸骸垒垒的乱材岗,
就算鸥枭群群头上怪叫,
野狐们在乱石山谷里潜藏,
一切不用管哪!
就算右边挡住了郁郁的高岭,
我们总会由左边看出朗朗的北极星。
就算宇宙间没有了一丝光明,
我们黑夜中走惯了的人,
也会摸索出一条应走的路径。

走啊!走啊!
纵疲倦得要命,
也不能片刻留停。
云雀快叫了,
鼓起勇气啊!
时光不曾撒谎的,
天,已捧着光明向我们送!
这是哪儿的号声?
天,已捧着温暖向我们送!
前进哪!克服艰辛!
前进哪!撑起信心!

怎么？你又踌躇了？
黑暗，冷，猫头鹰，
一切不打紧！
临明之前原有一阵暗，
夜尾巴上蒙着一股冷，
高楼扯起的阴影，……
那都是试探它们没落的命运。

走啊！走啊！
前进！前进！
踏破这罪恶的城市！
踏进都市的核心！
踏烂遮蔽朝阳的高楼！
踏遍都市四周的乡村！
看！古刹的缝里已透出了光亮！
听！远村里可不又是鸡鸣？
走啊！
前进！

1935 年 9 月 30 日晚

——录自《战前之歌》，诗歌出版社 1936 年 12 月版。

探　监

胶皮车，轧轧转，
手拭眼泪去探监；
他爸关在洗衣所①，
别来整整有一年。

他爸爸，犯何罪？
只因那时入工会：
老板把他赶出厂，
为了复工抓进狱。

工友们，多帮忙，
给俺捐了两块洋，
小袄一件鞋一双，
他们为俺饿肚肠。

洗衣所，门儿窄，
不花钱呀进不来！
他爸强装苦笑脸，
俺的头儿抬不来。

看守长，旁边站，
千话万语不能言。

---

① 原诗注：天津第三狱俗名洗衣所。

俺说望你多珍重！
他说您妈心放宽！

您回去，多费心，
把话告诉同伴们：
监狱虽冷没血热！
镣铐虽坚不锁心！

1934 年秋，邱

——录自《战前之歌》，诗歌出版社 1936 年 12 月版。

祝福你呀！我的故乡！

祝福你呀！我的故乡！
故乡在古漳河的岸上。
我太行山左面的故乡啊，
如今也有了年青的太阳。

谁说北方永远是暗夜？
谁说太阳永远照南方？
我们冰雪下的故乡，
——受够了黄河的冰封，
——挨尽了太行的重量；
在这世纪的末日
挣来了个万紫千红的春光。
沙漠的地带迸生了紫芽！
枯树上怒放出丛丛繁花！

我们心尖上的一天，
我们盼得眼干了的一天，
孕育在饥荒的胎胞里已有多年，
突然在世界黎明的前夜，
展布在我们的眼前。
我们摔脱了一身的锁链，
永没休止的孽债谁还偿还？
前夜里，
大地一声怒吼，

（千百年来压在身上的铁塔，
无情地崩溃在大众的脚下；
千百年来暗夜的摸索，
一旦认清了北斗。）
青年的阵线，
要冲向暗夜的尽头！

千百年来欠下的冤债，
我们摔脱了！
千百年来织成的厚茧，
我们咬破了！
老祖宗的教训
叫它去伴自己的棺板。
奴隶的命运
在跳起的千万只脚踏下碎烂！
啊啊！

地球裂开了大口！
地心的烈火弥漫了宇宙。
怒火要烧掉乡村的轮廓，
怒火要焚毁天野里的城郭。
乡村哪，城郭哪！
葬埋着我们祖先的汗泉，
流过我们年青的鲜血。
我们的血汗
灌溉了你这古漳河；
古漳河两岸上，我们的血汗，
养育着一群贼寇和恶魔！

今天，我们伸出反抗的手，
要复千载的仇！
今天，我们燃起复仇的烈火，
要推翻千载的压迫，
青年的血手
要使古漳河重新澎湃！
年青的血火
要铸造个自由的天国！

不怕您幸运者连连摇头，
不怕您绅士们瞪着睥睨的眼睛，
看吧：一幕幕的悲壮剧就要演出！
听啊：大地处处冲上我们的旋风！
一村荡去了一脸的酒晕，
村村挺起不屈服的锄头，
要把吃苦的苗儿挖掘个连根尽！
村镇上，田地里，大道，果林……
布好我们的大阵！
掀起我们的歌声！
我们的歌声要冲向村公所，民团局去歌鸣！
我们要土地！
我们要食粮来生存！
我们要自由！
我们要权利高唱自己的歌音！
粮食是我们所播种，
今天我们要拿来饱吞！
楼房是我们所建筑，
今天我们要收回来自己居住！

谁敢再霸占我们血耕的土地？
谁敢再把我们来奴役？
谁敢再劫夺我们的财物？
谁敢再拦阻我们求生的歌呼？
你们真正的强盗，
我们豢养的肥猪！
如今情愿抛下
从我们榨取来的血汗，
堆砌你们的幸运，
我们也不能把你们饶恕！

不怕你们去打电！
不怕你们去搬兵！
那些兵士的群里
多着，多着我们的友军！
他们是我们一般的穷弟兄，
他们也顽强地需要生存！
（除了那少数喝兵血的贼盗，）
（除了那一二个出卖民众的汉奸，）
谁不把宰割我们土地人民的
帝国主义恨得眼睛红？
他们早被血腥掀醒了！
他们再不肯替寇仇去杀自己的亲人！
他们有一天要挺进冰雪下的兴安岭！
我们的阵线早晚也冲过万里长城！
我们的阵线要卷过太行山，
要从东海连联到昆仑！
啊啊！劳苦的大众，

全是一家人！

不怕您跪在仇敌的面前哭诉！
不怕你背后的帝国主义作恶！
帝国主义阵营里面呀，
也不是没有对我们的同情。
他们阵营里也有失业者的子弟，
他们脚下也有弱小民族的弟兄。
他们也一样地没有自由，
他们也是没有面包吞，
他们的炮口也会
照他们敌人的胸口瞄准！
啊啊！他们的敌人，也是
我们的敌人！
啊啊！全世界的劳苦大众，
全是一家人！
全世界的弱小民族，
要拧成一条铁绳！
全世界的被压迫者
要向着一个共同的目标前进！
睁开眼吧！
我们不再像昔日的因循，
我们不再像昨夜的愚盲，
绝不是昔日的"长毛"、义和团、红枪会，
遭受你们的欺骗，
遭遇你们杀伤。
看吧！到明天，我们世界的上面
要炫耀着我们共同的太阳！

祝福你呀！我的故乡！
我在你千里的外面，
向你撒布祝福的歌唱！
祝福你年青的太阳，
光照到整个世界的头上！

1936 年 1 月，故乡草；1936 年 3 月，客中改

——录自《战前之歌》，诗歌出版社 1936 年 12 月版。

月 蚀①

暗黑占领了天空，
月明喷淋了一身血红；
家家敲起古老的铜器，
村村撞动封锈的洪钟。

咱们拼上这原始的战斗，
向贪婪的巨口夺取光明。

谁说咱们不变祖传的生性？
层叠的铁塔给咱洒遍了火种，
到这迫压沉重得还不来最后的气喘，
愤怒的烽火竟把广大的地球燎原。

朋友们！加紧咱们不顾生死的力量，
把苟安的睡眠抛往天地的尽头！
（听！咆哮震坍了大地，翻转了天球！）
不到最末的一滴血尽咱们是决不罢休。
黑煞神敌不过千万只蛮憨的脚拳，
没王法的锋刃冲上高天，

---

① 编者按：月蚀，今一般写作"月食"。
② 原诗注：故乡传说月食系月儿被黑煞神吞食之故。并传说上古有许多太阳，月亮，被黑煞神吃得只剩了如今的一日一月。并说黑煞神畏铜器，故月食时则家家敲之。撞钟则系使未及觉察事变者群起注意之意。如今乡间有事，如失火，遇盗，仍撞钟。

来！咱们赶他个浮云溜走！
教和平的明月仍在太空高悬。

战斗声里新生的月轮这般清新！
新历史宣告着宇宙内没有了阴影。

1936 年 1 月末，邱

——录自《战前之歌》，诗歌出版社 1936 年 12 月版。

垓下之流

——大众合唱诗——

兵一：弟兄们！听，这是什么？

兵二：是，是箫声，一点不差。

众合：箫声！箫声！箫声！

兵三：这声调多么婉转？

兵四：这声调多么悲切？

兵五：这声调多么耳熟？

众合：哎呀！确是耳熟，

　　　越听越像故乡的调子。

兵六：这调子确乎是来自江东的故乡，

　　　听！这里面还夹杂①着楚歌的吟唱。

兵一：确乎是楚歌！

兵二：半点也不错。

兵三：故乡的牧童常这样地唱和，

　　　樵夫们早晚喊的也是这种的山歌，

　　　还有车水的田夫，摇橹的船家，

　　　就是我种地时也没有一天不唱它。

众合：我们在家时哪一天不唱它几遍？

　　　它早在我们昔年的嘴里和耳边熟烂。

兵四：兄弟们！您看这悲凉的夜空，

　　　您看这昏黄的月明，

　　　以及这肃杀的秋风，

---

① 编者按：杂，《战前之歌》原书为"难"。

唉……

假若是当年的稻场上忙着工作，

哪能被汉军包围在这垓下？

都尉：不要谈军情！

兵三：真的，李二哥，今夜的我恍惚又回到了当年的故乡，

温柔的月光筛满稻场，抚摩着工罢的男男女女，

谈笑的声浪溶化进弥漫的新稻的香气，老人们有味地讲

着昔年太平的故事。

兵四：老郭！我爱那流着汗舂米的场院，

我爱看翩飞的黄莺射向远山，

我爱那柳荫下枕着锄头困个午觉，

我爱那鸳鸯戏舞在枯荷嗤嗤响的湖面。

谁料秦朝的暴君哪——万恶的嬴政！

撕碎我梦中的一切黄金！

兵一：我的好田作了粮赋的牺牲。

兵二：我的屋舍作了捐税的灰烬。

兵三：我的父母在饥荒里饿死。

兵五：我的老婆死在乱马军中。

兵六：我和兄弟被拉去戍边，

家里的一切半点也不知信音。

众合：我们家产全入了绅士们的虎口，

给剩下的只有这副饥饿的肠胃，

如今到了这步田地，

咱们究竟怎样地措施？

都尉：不要扰乱，守住纪律！

兵一：啊！听！歌声是：

"江东的田长满蓬蒿，

咱家爷娘眼泪已哭槁。

　　　　　——儿啦，儿啦，你在哪里？
　　　　　你怎么还在沙场助桀为虐？
　　　　　回来吧！别给人家当箭垛了！
　　　　　回来好送俺们垂死人的终老！"

兵二：听那歌声！唱的是，
　　　　　"家里的竹篱已坍倒，
　　　　　孩子未饿死的又病了！
　　　　　丈夫啊！你在何处？
　　　　　白天行乞，晚上我宿于野外的古庙。
　　　　　为啥还替人家拼命，
　　　　　你主的气数已成霜后草为啥还替人把命拼？
　　　　　回来吧，丈夫！再不回来我要嫁人了！"

兵三：歌声简直刺破我的心灵！

兵四：歌声简直勾去我的神魂！

兵五：歌声已汲出了我的眼泪！

兵六：歌声催得我全身战栗！

众合：它简直是替我们抒发心声，
　　　　　它简直托出了我们的肺腑；
　　　　　我们怎么来到这里？
　　　　　我们如今究竟是在哪儿？

都尉：不要骚动，小心着我们大王的命令！

兵一：当初只想为自己解除苦痛，
　　　　　灭了暴秦好回家把田种；
　　　　　谁知刀尖上过了这些岁月，
　　　　　到头来一腔热血只换来一块冷冰。

兵二：自从十八那年吃粮，
　　　　　大小见过好几十仗；
　　　　　自己的心愿一丝没得实现，

竟做了野心家的一把枪。

众合：我们的生命成了笼中的耗子，

呀！汉军的号角吹得多么紧急！

都尉：弟兄们切莫恐慌，

我们的大王定能转弱为强。

他有过人的扛鼎大刀，

未必不能再出一条奇计？

兵三：但是他的力量纵然大，

两军阵上倒也无所惧怕。

只不过如今他太贪了甜蜜，

那虞姬早消尽了他的智力。

众合：他因过度荒淫酒色，

性子又是那样暴戾，

动不动就对我们杀戮，

我们再跟他只有归于死途。

都尉：我们还有八千人马哩，

拼上命总还可以干一气！

兵四：八千人又能怎样？

那刘三是诡智多端，

还有张萧韩信那三个小子也都不弱。

他们又满会向百姓们撒些谎言。

众合：听说人家待兵也比他好，

他待弟兄可也忒有些暴虐。

都尉：你不闻刘三的大屠城阳，

到彭城后大敛货宝美女并大排筵宴？

就说他给百姓的甜核——那三章约法，

你见哪一条曾得实现？

众合：总之没有一个好东西，

项阎王却尤其来得凶；
前天杀了百十个逃兵，
昨晚又绑出去了二百多名。

兵一：我弟弟被他杀了！

兵二：他也杀了我的长兄！

兵五：我的表叔死得多么屈情？

兵六：被绑出去的里边有我的良朋！

都尉：谁叫他们逃哩？
　　　那该不是咎由自取？

兵三：他既这样光想作大皇帝，
　　　欺骗黎民，愚弄弟兄，
　　　当初说的一点也不照办，
　　　谁还愿意再为他拼命？

兵四：再说谁还愿在这儿等死？
　　　就让没有汉军的围困，
　　　这饥饿的罪也实在令人难忍！

兵一：他为什么使我们缺乏粮米？

兵二：为什么不给我们饷银？

兵五：为什么把那些好弟兄一个个砍杀？

兵六：试问逃生能不能算得罪名？

众合：他，虞姬和那些司马校尉老爷们，
　　　却肉山酒海地吃得头晕。

都尉：现在不干可由不得你们，
　　　"养兵千日，用兵一时"古有明训，
　　　如今外有强敌，内有严令，
　　　倒不如镇定地等待救兵！
　　　弟兄们！干下去吧！
　　　为主效劳，死有芳名。

就万一失败了还可落个忠魂。

兵一：说什么芳名？

说什么忠魂？

假若是去攻打匈奴，

那管保谁也不会退缩。

众合：为什么不去攻打匈奴？

为什么不替国家把外患铲除？

兵二：听说那冒顿单于，

新近又侵占了河南，

那里几千里的百姓，

我们想想该是受着怎样的熬煎！

兵三：那地方遭人异族的侵凌，

人民已没生活的道路，

他的鲜血在胡刀上腥臭，

他们的妻女在受着骚达子的淫辱！

兵四：他和刘三只管拿自己同胞火并，

把自己的田园踩躏！

今天屠城，

明天烧山，

到头来只不过为个人争夺江山，

到头来仅仅是为一己争地盘。

众合：他拿我们作屠场上的牛、羊！

专把自己的同胞胡乱杀伤，

我们再不能有一刻的熬忍了！

都尉：大王不是早已宣言为民除害吗？

兵三：那只有事实是铁的见证，

吹些牛皮又有什么用？

你不见他火焚咸阳宫城，

那一次大火烧得鬼神吃惊？
那一次火灾直烧了三个整月，
连绵的山岭、村庄都烧得通红。
有多少财产化成了灰烬？
有多少苍生死于非命？
富有的还不打紧，
贫穷的纵逃出火祸可能逃得出火后的饥馑？

众合：他真是个秦始皇第二，
　　　他真是那嬴政的再生！

兵四：他也曾屠过整个的襄城，
　　　在新安城南击坑过二十多万秦兵，
　　　关中的妇女不知有多少被劫，
　　　劫来全赏了那些司马、校尉、长史、亲近。
　　　他那次烧夷齐城，坑杀田荣的降众，
　　　又绑缚了老弱妇女到北海都杀尽。
　　　那一次也是这暴君犯了杀瘾：
　　　为生刘三的气把汉卒杀了十多万人。
　　　新近被杀的汉军更不知多少，
　　　那雎水简直被尸体阻塞得为之不通。

都尉：休要胡谈胡论！
　　　再胡说以煽惑军心论。

兵五：听！这可不又是汉营里的号角声？
　　　呀！呐喊哩，呐喊怎来得这般凶？
　　　楚家的历史完了，完了，
　　　我们快些想法儿逃生！

众合：山顶上依稀地那不是汉军在蠕动？
　　　我们这一群！今晚恐怕就要全盘断送！

都尉：镇静些！主上自有妙计，

　　　　　刚才他召去官长讲了多时！

兵六：谁还再能镇静？

　　　　那只是糖果在哄小儿。

　　　　我们快自己想法，

　　　　决不再依靠甚么主子！

兵一：你看那远远的一团黑影！

　　　　那是什么，可是汉兵？

兵二：啊，近了！近了！

　　　　啊，原来又是司马缚了几个在逃的弟兄！

　　　　啊！还有！还有！便衣的那不是逃难的百姓？

　　　　干么还拿剑鞘朝他们面上抢？

逃兵：我们不敢再逃了！

　　　　饶了吧！大人！

难民：我们只是想躲避兵劫！

　　　　饶了吧！老爷！

司马：您们这东西，

　　　　一定是想去私通仇敌！

　　　　打！打！杀！杀！

　　　　杀掉这些奸细！

兵四：我们干了吧——

　　　　走！前去杀掉这司马！

都尉：谁敢动！

众合：动手！先收拾这狗仔！

　　　　（群以力击杀都尉）

　　　　我们受够了他的压榨！

　　　　快去擒住那狗司马！

　　　　（其中一伙又将司马按于地下。）

兵三：快松那些弟兄的绳捆，

来！把狗仔的剑分给他们！

杀掉这①司马走狗，

到这般时候还是在为虎作伥！

兵五：可轮到了我们复仇的时刻，

哈哈！你们也有个今日！

兵六：把他们既然杀了，

我们打扮成百姓逃跑吧！

兵三：那怎么行？怎么行！

我们万不能解除武装！

兵四：外有汉军在把守，

我们还需要更大的战斗！

我们大家齐心协力地杀。

兵三：我们杀出重围，

到山上落草对吧！

反正这战争还不到完结的时候，

四方尽有着待战的各路诸侯。

我们回到家也是不能过，

我们要彻底为人民去谋福利。

兵四：我们在深山储蓄力量，

预备去攻打匈奴！

愿意去的一同走！

要同走的这就去！

逃兵：我们一同走！

我们一同走！

我们死里得生的人，

再死了横竖又已多活了几时。

---

① 编者按：这，《战前之歌》原书为"着"。

众合：走哇！走哇！走！

这才是我们的真正的生路。

我们与其再在这屠场上等死，

宁肯到山上去做贼"匪"！

我们不再在这儿和自己同胞惨杀，

我们更去抵抗强暴的匈奴！

我们要为民除害，

我们不保那些野心的主子！

兵三：不愿留在这儿等死的弟兄一同走哇！

我们是一视同仁的哪！

另外的兵一：我们也来了，一同走吧！

另外的兵二：我们也愿意去闯重围，和你们一块啦！

另外的兵三：等等我们啦！我们也去打匈奴呀！

…………

（一群一群连绵地向着东方山峰，正像瀑布或巫峡①的激湍般汹涌地流走。）

1935 年 12 月 16 日

——录自《战前之歌》，诗歌出版社 1936 年 12 月版。

---

① 编者按：巫峡，《战前之歌》原书为"乌峡"。

祭

深深地
深深地，
鞠躬吧，向着这
明晃晃的棺木，
棺木里，
封殓着我们（的死友）——
世界的真理——
它呀，已施过
血的，血的洗礼，

静静地
静静地，
织成我们泪浪的花环，
把它向真理奉献，
让它像佛顶上的光轮，
拱卫在棺木的四边。

我们死难的友人哪，
你该欢笑吧，
全世界的弱小民族，
为你，为你流着泪，
齐把人类的污秽咒诅。

皮鞭，枪刀，监狱……

蚀去了你的生命，
它们可蚀不去你血的真理，
历史上将永远涂着他们的血迹，
听哪，听哪，
世界的孩子正在讽诵你的歌曲。

夜空飘下了奇寒，
世界灭尽了它的光焰，
我们血的真理呀，
起来，起来，
明天曙曦爬上了东天，
你随我们把条条大街走遍。

真理前卫者的我们呀，
请抑住我们的泪流，
让它汇化成血海，
到明天
我们要洗净，
洗净世界的腥臭。

敌人哪，
来吧，来吧，
我们青年血泉正在旺盛，
快安好你们的枪刺
来把我们屠杀，
敌人哪，使出你们的威风，

快使出你们最后的威风，

你们刀尖哪怕猩红，
你们疯狂吧，
疯狂地屠杀吧，
在你们走进你们
墓地的这一刹那。

——原载《大中时报（天津）》，1936 年 7 月 24 日。

溶 流

飞越万仞山峦
踏度千条空谷
以血旗排开朔风
火的籽种遍布沿途
隰原上
沙漠里
塞外人烟稀少的荒壤
牛羊丛聚的处女地
升腾起弥天的紫云
呼应着雄健的足步
以原始人的千里跋涉
进向祖宗发祥的故土
艰苦地
踏蹴碎了敌人的火网
英勇地
笑哂了飞机的弹雨
我们来了——从世界的低处
像地球母亲的运行
太阳永远亮在我们头。
星霜一程一程地迎送
长途上饮着涧泉——
大地母亲的乳浆
战斗里节食着炒米
兄弟姊妹馈赠的糇粮

我们冰雪夜里急进
我们溽暑天里战斗
战斗中我们得着前进
前进中我们不断战斗
我们怎敢怠慢
兄弟们早在前面招手
我们怎能休留
兄弟们早在长城下等候
民族解放的大路
在脚下连连咆哮
遍中华的枪口
在每一个兄弟肩上怒吼
长城倒坍了
铁汁要铸起破碎了的国土
敌人在长城巅痴笑
铁的洪流要向长城内外决口
同胞们俯伏在血泊里呜咽
我们急激伸长搀扶的群手
大众被屠刀刮尽了膏油
我们快唤他们起来自救
这册世界再造的史诗
早装上我们巨大的背负
来路上
一步一个解放
进行中
一程一个彻悟

兄弟们①同是一个母亲哪

兄弟们②的心成自同样的血和肉

相会中一个猛劲的抖擞

万担的压榨一脚踢丢

死寂的心坎一齐爆出了火团哟

铁石卖身契一笔勾销

山后山前跳起正义的泥脚

山前山后挺出如林的黑手

紫色的风云吞没下山瘴

战斗的歌声震起积沙碎了沙丘

世界的荒原上托出自由天

山风笑飚于西北的宇宙

白杨在空中鼓起群掌

像替人类的复活庆祝

在这解放了的地球的一方

新的人类在空前的溶流

兄弟伙不知疲倦

寒天里互温起握紧的双手

兄弟伙不顾饥渴

狂喜中互诉别后战争的情由

兄弟伙互相介绍起新的兄弟

新兄弟的群集伙远过原来的数目

兄弟伙追悼起牺牲了的战友

肃穆中怒火烧着每个人的眼球

热泪挥写着战斗的字句

挽歌飞迸出复仇的音符

---

① ②编者按：两个"们"字，原版为"行"字。

老马也愤愤地长嘶
像悲悼壮烈的故主
聚会的欢快不容过久
母亲的严令飞催上眉头
命令的尾上道声"再会"
进军的喇叭开始了急奏
兄弟伙各向自己的目标
步上始祖拓荒的往路
以始祖伟大的威力
给敌人一个最后的战斗
以始祖创造的热情
把荒芜的大地化为铁的锦绣
按照领袖的命令
遵循大众的要求
粉碎万仞故障
踏破千里险阻
散播着满载的火种
向漆黑的世界基底
前进
冲锋
涌流……
我们的生命浸透了战血
我们的最高道德为战斗
我们把更大的战斗的快乐
尽量吸取
尽情消受
弟兄们别了!
别了——没有谁个回头——

对面的曙天展未来的画卷
像朝山进香的善男信女
虔诚的心上响着"南无"——
在整齐的步伐上
紧张的呼吸上
以及庄严的大旗竿头
滚滚的紫色的洪波
涌出太阳一样的誓词——
"兄弟们！不远的来日，
中原上会有我们更雄伟的溶流。
加紧脚步，奋起身手
遍地下的兄弟姊妹们
都向我们祝福
遍灾难中的赤裸的孩子群
早对我们渴候
早对我们渴候！"

10 月 27 日

——原载《诗歌杂志》2 期，1937 年 2 月。

血的愿望

—诗剧—

（县令和杜甫，对坐席上，时有夫役来往换酒。蝉声在庭树间高叫；席上烛光更加亮了起来；主客酒已半酣，热情的空气流漾室内）

（夫役又换上壶热酒下）

县令：杜先生，请再干这一杯，

　　　吃菜，来，一切无须客气，

　　　这一来庆贺我们大诗人的脱离水褪，

　　　二来为好友浇浇长途跋涉的风尘，

　　　今天得和久仰的阁下在一块谈聚，

　　　真该用尊句说了："今夕复何夕?!"

杜甫：聂县令，谢谢您搭救的大恩，

　　　和这么多的香肉美酒的盛意！

　　　这真叫兄弟惭愧。

县令：兄台你不知这哩：

　　　素来我如何钦仰你人品的高尚！

　　　那豪放、爽快和嫉恶如仇的天真；

　　　我尤其爱读你伟大的金玉的大作，

　　　我也爱你那"死不休"的创作精神。

　　　目下可有几个这般忠于文学的?

杜甫：其实我的写诗

　　　近来随便多了——不，那应该说是容易，

　　　再不像年青时那么拘泥。

县令：这当然是技术更老练了，

对不对？

杜甫：县令过奖了；其实倒是
　　　人生的尺上由分寸的创痕更雕钻成了毫厘。
　　　我这五十年的短促而又悠久的生命呀，
　　　痛苦的跟我来真像百川向大海溶聚：
　　　——也莫说耳闻目睹的是怎样也丰足，
　　　自身的诗料简直随手就是一把，
　　　那真像朱门里腥臭的酒肉。
　　　年青时不消说为生活天涯漂泊，
　　　坚硬的驴脊磨尽了黄金的日月，
　　　齐赵的风，吴越的雨，京都的白眼珠……
　　　整整三十年给贫穷的辘辘绞个要死；
　　　就说得了那小小的官职以后，
　　　也仍没拖住那个饿死的小儿。
　　　也遭过兵劫，也遇见战乱，
　　　长途跋涉中也苦熬过十几天的雷雨。
　　　在梓州也曾采野菜拾野果儿当饭，
　　　为了朋友也几乎掉了这颗头颅。
　　　谁知成了这一身痨病的残骸了，
　　　赴郴州的途次又遭了这次的淹溺！
　　　这十几天的饥饿忧愁，使心肺越糟了，
　　　咳！这些，难道我应该毫无怨意？……（咳嗽）

县令：请来，吃口菜压一压！
　　　既不慰帖那么咱们就慢慢儿谈话，
　　　或者少谈。

杜甫：为了知己，那个怕什么？
　　　近来的痰里常带血缕，真是……
　　　聂老兄！你瞧瞧地下！

县令：呀！当真有血丝呢，

　　　　贵恙总得好好地治，还请少事写作！

杜甫：哪里有钱？

　　　　况说满眼血惨惨景象又怎禁得内心的击搏？

　　　　请听街上是不是歌声？

　　　　唉，如今耳朵是越发瞆聋。

县令：（听）噢，这是街头卖唱的。

　　　　这儿不比北国，晚上总有些弦唱。

杜甫：北方的笙歌只有朝廷官宦受享。

　　　　请听！

　　　（歌声随晚风飘来）

　　　　"…………

　　　　　去年米贵阙军食，

　　　　　今年米贱太伤农；

　　　　　高马达官厌酒肉，

　　　　　此辈杼柚茅茨空。

　　　　　楚人重鱼不重鸟，

　　　　　汝休枉杀南飞鸿！

　　　　　况闻处处鬻男女，

　　　　　割慈忍爱还租庸。

　　　　　往日用钱捉私铸，

　　　　　今许铅铁和青铜，

　　　　　刻泥为之最易得，

　　　　　好恶不合长相蒙。

　　　　　万国城头吹画角，

　　　　　此曲哀怨何时终？"

杜甫：啊啊！我听到卖唱者把我的诗歌来唱，

　　　　县令啊，真比做了显官更要使我欢畅；

想不到前年才做的这首"岁晏行"

这般快地就已普遍到耒阳!

（夫役又送热酒，杜向役：）

你也会唱这词吧？

夫役：回老爷：

小的早已把好些好歌儿听会。

杜甫：都是哪些？

夫役：前后出塞，

贫交行，新婚别，夏日叹，……那真多，

——岂但我，小贩们，兵士们，

就是小孩子也常常听了下泪。

杜甫：真的？

夫役：小的怎敢在大人面前撒谎？

县令：为了贵恙，还是请不要太兴奋吧！

杜甫：不！就算死了还有什么可伤？——

母亲给儿女吸干了不是心甘意愿？

血拌的诗歌不原是为叫大家歌唱？——

这才是我的至高精神的安慰！

这才是诗人生命的永远健康！

像他们那些噤了声的寒蝉，

唯美的装饰品的孔雀羽翎，

逃到山林去的假清高的扮僧做道，

和逃上天去的星点与彩虹，

——更不用说那些磨洗古铜的腐儒了，

试问他们的诗篇和废纸有甚不同？

县令：子美先生说的真令小弟佩服，

谪仙的诗前些年也流行过一时，

可是近来确凿听不出唱他的歌声了，

　　　　这大概是人遭了贬诗也背了时。

杜甫：嗯！全不像足下说的，

　　　　——那太蔑视了大众和他们的要求；

　　　　你想在这天灾人祸像梅雨的年头，

　　　　胡刀压着脖子谁还有轻润莺燕的歌喉？

　　　　旱火烧焦了田禾，洪水冲没了窝巢，

　　　　树皮、白土撑得肠断，谁有心花儿狂嚷天上，

　　　　神州？横征暴敛，斫头坐狱的地狱的人世，

　　　　守着家属的尸堆谁还忍听宫调的悠悠？

　　　　（咳嗽，咯血，）

县令：快别这么兴奋了！你这病，

　　　　你自己不也说是"作诗苦"的原因？

杜甫：老兄，你才不知晓呢：

　　　　我的心血已把遍中原的积沙渗透！

　　　　我还有什么畏惧的——这把瘦骨？

　　　　举凡把我的诗来唱的都化成了爱友，

　　　　就说这次打蜀中来江南的沿途上，

　　　　处处是我的歌行在将江边山壁击叩，

　　　　当时的我哪里是目对着陡峭的峰峦？

　　　　简直是我的肺叶从地心挺出的山丘；

　　　　杜陵布衣那不是在江心里泛舟唯，

　　　　这身形真恍若和入千万人的热血里遨游。

　　　　我的朋友真多，真多，真多呀，

　　　　他们迟早会遍布了天下九州。

　　　　今晨你，我的恩人，派的舟子去救我时，

　　　　我多么得意听着这样的歌时就来了小舟。（朗读：）

　　　　"我经华原来，不复见平陆。

　　　　北上唯土山，连山走穷谷。

火云出无时，飞电常在目。

自多穷岫雨，行潦相豗蹙。

翕匒川气黄，群流会空曲。

清晨望高浪，勿谓阴崖踏！

恐泥窜蛟龙，登危聚麋鹿。

枯查卷拔树，礧硪共充塞。

声吹鬼神下，势阅人代速。

不有万穴归，何以尊四渎？"（咳嗽）

县令：你这样兴奋能行吗？

　　　快休息休息吧！

杜甫：（像没听见，反而离了座更放声高唱了起来）

　　　"……

及观泉源涨，反惧江海覆。

漂沙坼岸去，漱壑松柏秃。

乘陵破山门，回斡裂地轴。

交洛赴洪河，及关岂信宿。

应沈数州没，如听万室哭。

秽浊殊未清，风涛怒犹蓄。

何时通舟车，阴气不黪黩。"

　　　县令呀！这正是日前的情景呀！

县令：你是太受刺激了哇！

杜甫："浮生有荡泪，吾道正羁束。……

　　　（咳嗽）"

县令：怎么你还唱呢，

　　　难道我没读过，或是还嫌不了解你？

杜甫："人寰难容身，石壁滑侧足。

云雷此不已，艰险路更蹜。

普天无川梁，欲济愿水缩。

因悲中林士，未脱众鱼腹。
举头向苍天，安得骑鸿鹄？"
真想不到在鄜州时遇见那种大水，
如今又叫这里遭受个第二回，
在我三十岁上黄河决了口，那次
不见了二十四郡淹遍了河南河北。
政府把百姓的血汗，都挥霍在淫乐上，
对于江河——咳！有多少人民变为溺鬼！
今晨我只捎出来了两个壮年，
恨船小难把万千同胞救济！
我是完全了，那些人该怎样？
他们一个个全是心肠再好没有的。
聂老兄，惟有常跟他们在一块才更了解得多些，
别看他们说话粗鲁手脸皴皮肤黑。
官府应该怎样替他们加紧建设？
吃着人家，该怎样替人家谋一切福利！

县令：快别说建设了，
这些年的财帛全化给了兵费。

杜甫：不过呢
兵费纵然连饿死的腐骨也化上，
可究竟能把夷、回、胡羌的猖狂怎样？
朝廷上汉奸充斥着金殿和宫院，
州县的贪污也只顾积满私仓，
依我看是越杀我天下越乱，
节度使才只敢把同胞的头颅杀伤。
一面平乱，一面把祸乱制造，
看那些官军的抢掠、奸淫和胡兵可有丝毫两样！？
朝廷只知向红粉白酒堆里沉沦，

失过西京如今还不悟，简直要送葬了大唐！
对于沥血的谏诤却当作耳旁清风，
谁要当真的谏诤至轻也叫你充军边疆。
忠臣良将有多少系狱，遭贬……

县令：真是这样。
就说杜老兄吧，他从来不肯重用，
诗人的看事才更能深进它的底层；
从你的诗篇我更洞察了你的卓见，
你的那些赋……

杜甫：那才是些腐调废文！
我真伤心当初为了什么浪费大好的时光
为一只饭碗，作那些不干疼痒的呻吟，
每天，攀援那些权势的高台阶那算什么？
何若替大众吐诉点哭不出来的咽哽？
可惜我的诗还有些不能给大众唱的，
虽然整年价钻研，实践解放的歌行；
虽然我曾霍死力①打破规律的桎梏；
怎奈奴化过的心窝总难一步跳出泥坑。
可怜科举制的毒素把我的笔推出了民间！
诗作原不是逢迎的狗，卖钱的娼妓之群。
（咳，吐。——夫役送酒到）

县令：酒尽兴了吗？咱们用饭吧！
（向夫役）城上是不是已起了三更？

夫役：是的，老爷。

县令：若不是贵恙，哪怕谈到明春！

杜甫：呀！你够了吗？

---

① 编者按：霍死力，俗语、口语，意如"下死力""花死力"。霍，今一般作
"豁"。

我的酒才不过仅仅到了半分。

（杜甫的儿子宗武上。）

你来做什么？那些歌谣可曾抄完？

你务要把那当作我你的生命！

杜子：第三部完了；

母亲叫我来劝你把身体珍重。

叫你少喝酒，早回去休息，她说，

"饿过了的肠胃还得少用肉类食品！"

杜甫：你回去吧，和恁娘早睡吧！

我和聂伯伯才谈到高兴时分。

县令：不要走吧！

让公子也在这儿用点饭，

我们都是一见如故的心友，

区区微意还望莫辞谦！

杜甫：那么就……

杜子：谢谢，聂老伯的高谊！

父亲！刚才街上有个卖唱的，

正唱着父亲的那首石壕吏，

那唱歌者真是妙手，演奏的

人人叹赏，真是恰到好处。

杜甫：（向聂令）我刚才说的那些歌谣才好呢，

那便是一部新的诗经，我半生的血渍。

那调儿纯系出自天籁，诗人可做不来，

但恨白霜满鬓，不然我定仿效那种调子，

老妪也能①听懂的调子，赶制一些；

那真愧死那些梦想新月冒充现代的诗豸！

---

① 编者按：能，《诗歌杂志》原刊为"圣"。

老兄！像宗武我决不叫他求什么功名了，

将来绝叫他做个卖唱者，完成我的矢志。

深夜编了，白天给男女歌唱，

于人自有好处，自家也落得口充饥的食粮。

仔细想寄居在书本里嚼字的蠹虫诗人，

东挪西移地诌呓几句断了气的哀腔，

真不如那一般漂泊江湖的卖唱者

更能道出宇宙的命脉、人生的衷肠。

宗武哇，记住我的话，千切不要

效法那些胡媚朝廷骗取大众血汗的帮闲的汪汪！（拟狗声）

杜子：记住了！

县令：那不有些辱没工部的声望？

杜甫：喂！在这胡马踏入门栏的关头，

诗人还不该拿他的歌喉代替剑戟铿锵？

再假若连诗歌也没了用的时候，我们就掷下笔，跨上战马执起杀敌的钢枪！

县令：对，就是如此。

杜甫：天若假年，我将把我的诗稿大部烧毁！

就是说那"朱门酒肉臭，路有冻死骨"，

县令：那真是千古的绝韵！

杜子：也是千古长恨的真实。

杜甫：然而总不如尝尝大众公敌的血津，

击着战鼓把外侵敌寇①赶出中华去。

我渴望真正的和平，也赞美为真理而战，

你从我的诗中总可辨出这并不矛盾的至理。

---

① 编者按：外侵敌寇，《诗歌杂志》原刊为"外扫数寇"。

县令：你的心声我是尽已了解的。

杜子：鸡又叫了，父亲还喝酒吗？

　　　你看你累得连连咳吐！

杜甫：只瞧自己的心血能在民间发酵，

　　　只要自己的琴音能使大众奋起，

　　　我的工作精神那只有死了拉倒，

　　　病算什么，我是一切都不畏惧！

　　　（向聂）来！老兄，给我笔！我赠你首新诗。

县令：不要太劳神了！

　　　我们吃饭好了。（呼）上饭来哟！

杜子：（向聂）你瞧父亲，他天天如此。

县令：惟有傻子才这般地热爱真理。

杜甫：你瞧

　　　饭刚上完，我的诗已草就了。

　　　你请指教，我写的究竟如何？（咳吐）

县令：啊咳！你又累得在咳嗽！

　　　好啊！开首这几句道出了鄙先祖，

　　　——呀你又吐血，啊这才真正配称为呕血之作！

杜甫：如今像令先祖，政公这等的人太少了，

　　　净些怯懦的家伙兔子样没有胆量！

　　　幽灵的眼睛也莫说看不出黑红，

　　　就是看出一点也没勇气蹈火赴汤。

　　　尤其是这一般念书的更是一伙苍蝇，

　　　躲在阴阳界上自标什么不偏不倚的放浪。

县令：请饭！

杜甫：不用客气！

杜子：父亲！你忘了刚才我说的母亲的话？

　　　医生不也老早叮咛过不要太饱和太饥？

杜甫：说是说呀，

你没尝着困在大水里的滋味呢：

十几天的工夫只掘把野菜吃，

小荒山上四望去，一色残酷的白茫茫，

清早盼日落，黄昏盼到东方亮，

夜雾下满耳是父唤子儿哭娘的号泣，

太阳出来只见白浪卷着条条臃肿的死尸。

当登上干土真像儿时见了慈母。

吃着这馨香的牛肉简直像嚼着率兽食人者们的头颅！

只是那些溺水的人们呐，

几时才得登上舒适的衽席？

那些被胡马践碎了庄田的兄弟姊妹们以及那些挂在荒山

上的腐尸，几时才个掩埋，

几时才得收复失地？几时才得和平，

使那万千异乡漂流的冤魂再摸着自己瓦砾，黑灰的故居？

（咯血不止。）

县令：不好！你看你父亲的脸色多不对！

人役们！来，快扶杜老爷到榻上休息！

杜子：（哭）父亲！怎么了？天呐！

——老伯！不如把父亲抬回寓去。

县令：呃，你看他这样子怎好抬？

稳一会儿也许会好转来？

人役！快去请医生呵，

你就说这病是十分危殆。

杜甫：宗武……

我要你做个卖唱者……

天天……和劳苦的大众搅在一起……

你要……做个……真理的……战士……

做个出塞的号角……把战云……吹起。

你……（声音微细得渐渐听不清切了。嘴还不时张动，像还有许多未完的愿望要吐诉；但只见鲜红的血泉激剧地奔涌出来，正像那愿望的象征化身。）

1937 年 1 月 12 日的深夜

——原载《诗歌杂志》3 期，1937 年 5 月。

第三章 抗战之诗

幻美的梦

像暴涨的山洪
向平原汹涌灌流，
游击队冲出太行山层
围拢上敌人的咽喉——定州。

电灯吐出白热的光辉，
温柔的毯上卧着佐藤大尉，
肩章的花纹闪出条彩虹，
大尉梦中的花朵也同样的灿美。

——支那的土壤像肥美的油，
定子也不跟支那姑娘娇嫩，
等凯旋的歌唱成了夏蝉，
我在这定州修座广大的园亭。

——园内遍种上如海的樱花，
拥着妻妾畅饮薰醉的香风，
支那猪的奴婢哪个怠慢，
定用洋油灌进她的鼻孔。

枪声震荡了死寂的夜空。
——但愿它又是给叛徒的死刑！
传令兵使他离开了火炉，
颤抖的手指紧捏住"千人针"。

枪弹比夜气更加浓密，
水龙喷射的煤油比骤雨还急。
铁蹄踏不死中国人的心，
监牢的重锁在夹击下粉碎。

进攻的大火把定州烧成了白昼，
刀、斧、木棒登时长成森林，
大尉倒在人民的脚下。
幻美的梦终于烧成了灰烬。

　　——原载《中国诗坛》，1938 年五、六期合刊。

送天虚南去

一

雄鸡又鸣了，
同志，喝干这一杯
快把珍贵的别语赠我！
明朝，曙晓的光曦中
乘朔风，你就束装南下。

二

同志，你去吧，去——
别去我们，
长途上，你也并无丝毫寂寞，
在今天——"风水"① 的世纪里，
我们的祖国，何处不乏救生舟？
我们的兄弟，谁不准备把热血涌流？
天虚，推着你的"铁轮"②，
穿长风，破山般浪，
拼上燃烧的生命力，
向天南加速马力，
飞，飞，飞……飞着去吧！

三

去年，你闪电一般飞来，

---

① ② 原诗注：铁轮、风水均天虚创作名。

今年，你又一帆驶去；
临别时，
你怒吼，你狂笑，
你高歌，你醉舞……
如今华北的灾黎无数，
已经没有了遮风的家屋，
华北的兄弟姐妹
在舐着强盗刀尖上的血腥——
在这亘古未有的血泪汪涕里，
你哪能不怒吼，不怒吼！
如今，四万万人举起臂膀，
万千弟兄在炮火中欢呼，
每一根中华的木棒变成武器，
也跳起了，每块中华民族的土壤。
忆起来时的天候，
你哪能不狂笑，不歌舞？
你感觉光阴的匆匆吗？
塞北的大熔炉里，
早已坚强了你的铁筋铜骨！

四

长途上，切莫
一步一回首！
同志！列车上，船舱间，
客栈里，篝火旁，
全是我们一样的好友，
请像对我们一样，
你紧握他们的双手！

他们的心，在今天
是一个满储火药的库藏。

长途上，切莫
一步一回首！
同志，对我们你不要挂念！
我们已把你的教训，
烙印在赤热的心坎。
明天，纵咫尺天涯，
我们当更加紧脚步——
定把我们的捷报，像
爱火中烧的情书频传。

五

七年的悲壮地出走，
今年更轰烈地还乡。
记忆中也模糊了
古井的位置，
乡邻的模样。
今天你看见山川变色，
你看见田园腐败，
强盗的魔爪到处伸张，
你一定泪花四溅。
但慈母的面未干，
你已恢复过战士的雄姿，
讲起了壮烈的西战线，
不久，你胸中的烈焰，将
燃烧起来了故乡的青天。

六

同志——
你是退回"堪察加"吗？
你是后退的铁流吗？
不是，一千个不是，
你的使命是要总动员，
你的任务是把生力军锻炼，
万里外，我们会看见
一个少年英俊的民族英雄，
跨战马，握长剑，
大旗下率领着岭南的健儿
疾驰，高呼，
逐北，奔南，
疆场上，强盗们抱头鼠窜
"杀声住"——
万树招掌，河腾欢。

七

"再会"吧，同志！
沐浴着阳光，
驾驶着长风，
鹰一样地飞吧！
长白山头，
已摆好我们重逢的筵宴！

1938 年 1 月 25 日，洪洞

——原载张天虚：《行进在西线——从太原到临汾》，汉口
大众出版社 1938 年 3 月版。

塞北民歌

我们长大在边疆
我们豪爽又激昂
甩起皮鞭
我们保卫在塞上
我们勇敢又强壮
塞上风云
多宽敞……
吆喝野马
吆喝野马
看着我们一大群
也是杀敌的大力量

我们是杀敌的大力量
我们保卫在塞上
我们勇敢又强壮
塞上风云
多么宽敞……
多么风光
多么风光
看着我们一大群
也是杀敌的大力量

——原载《新华日报》，1939 年 1 月 23 日。

我永远敬念你——超人的灵魂

序

这里的超人，不是尼采的"超人"，是一个无产阶级的志士，一个革命的前驱，在我认为一个完全扔掉自己的幸福而为人类追求幸福，酿造真理的乳液的人，就是我的理想的超人。

宣侠父忠士，我们在西安时，他几乎每天到西战团来，报告、谈笑、解决问题……和我们过得像团内的一个同志，而实是一个严肃的敬爱的首长。后来我们到了延安，突然听说他失踪了；不久，便知是出于顽固分子的阴谋，破坏团结的毒计！最近《晋察冀日报》上看到"二十七年八月一日，他们曾逮捕了十八集团军高级参谋①宣侠父同志；不久并将他杀害"的消息，不禁像受了一个无情的空袭，我的心因之震动了；但我于悲愤之余，来歌唱这个超人的灵魂。

投降派、顽固分子，以他们的污爪
虐杀中国历史的血案，
我很难数得清了！
我的心肺裂痛，
而如今他们又杀害了宣侠父同志。

亲切的同志，高强的超人当中
被暗杀、被活埋、被禁锢死在狱里的，

---

① 编者按："参谋"，一说为"参议"。此处保留原貌。

我很难数得清了！
我的血管要爆炸，
而如今他们又暗杀了宣侠父同志。

宣侠父同志！
魁伟的身影，
中华河山的气魄，
热爱"福生"①、热爱我们青年，热爱全人类的
你那美丽的手、笑的眼睛与钢硬的语言呀，
你，晴明的春天的自然一样的老革命呀！
你，夏天太阳般的热情，
你，西藏雪山样的理智，
你，对于一个平凡的、文艺工作者——哪怕他是毫无所成，
仅只追求光明的一点为你所喜的我呀，你尽力的爱了，给他以
刺痛的，也温馨的；苦辛的，也甜醉的；坚硬的，也绵软的，
滔滔的，滔滔的真理的启示。

你，我永远敬念的一个超人的灵魂！
你，真是孩子的母亲，
青年的教师，
病人的看护，
战士们的战友——
你，对于我，对于"福生"，对于所有的有正义感，有血在
冲激的心脏，有推动世纪的勇气的同志！
然而《晋察冀日报》的消息是真的，
丑败的现实是那样丑败的！

---

① 原诗注："福生"是西战团的一个孩子、因演《突击》一剧而得此名，很
聪明，宣侠父同志常抱他、抚爱他。

　　我纵然不会想象刽子手怎样凌辱、威迫，以至虐杀我们的
志士，

　　我虽然不知他们将来究竟无耻、恶浊到怎样的分寸，

　　但我分明看到我们这个完美的灵魂用了和对待我们是有如
南北极的姿态回复了敌人！

　　啊，暴雷的声音，可怕的声音，

　　啊，吓煞血手的冷笑——对他们，不屑一瞥，

　　纵然我们的志士终于不得不在嫉妒、专制的恶魔面前倒了
下去，

　　但是，灯塔一般矗立于悲剧的宇宙间，曳引着万人，歌咏
着胜利，招展着斗争之旗，

　　而像无数火轮样飞驶的

　　那不是宣侠父的超人灵魂吗？

　　在这圣洁的灵魂之前——

　　一切妥协、腐蚀被照彻，被战栗，被淘汰，

　　一切柔懦、自私被暴露，被悔悟，被消灭，

　　一切新鲜、生动被焕发、成长起来，

　　葱葱的像春天的树林爆裂地成长起来。

　　这就是反动的力量所不能动一动的历史！

　　这就是宣侠父同志所昭示给我们的！

　　宣侠父同志——

　　我不能辜负你！

　　（像被你教育过的一切朋友一样）

　　我爱你的遗像，

我爱你的遗诗①，

我更爱，而且像我的灵魂一般，执着于你在我面前昭示的真理！

宣侠父同志——
我不辜负你！
你的死，使我更觉到自己的珍贵，
憎恨而更要锻炼，
使我更觉到同志们的亲热
与无边的爱；
尤其在你灯塔照似的超人的灵魂之前，
更加巩固了我斗争的信念，
使我了解了——超人之死的新的意义。

我相信，我们的同志，
都会抛掉自己的旧的渣滓，
走向超人的灵魂——走向你所锻炼到的强度，
叫那些恶魔更恐怖、更嫉妒、更死凶吧！
而你，却呵呵地扬起你充满宇宙的笑声，
永远的，永远的，我们一起！

——原载《诗建设》53 期，1940 年 4 月 20 日，后收录于魏巍编：《晋察冀诗抄》，中国青年出版社 1959 年 3 月版。

---

① 原诗注：当时我向宣侠父同志要点纪念，他便赠我他写的一首诗，谁知道这诗竟成为永久的纪念了。诗如下：
终南岚色郁葱葱，争向茂陵纪武功。
峦气朝笼残垒白，陌花春傍古坟红。
时危更觉河山好，世乱浸悲道路穷。
借问谁非霍去病，只缘剑匣尚空空。

怎不歌唱鲁迅

我们这伙人，
怎不歌唱鲁迅！
日本帝国主义者
跟大小的坏人，
都在鲁迅笔下打寒噤。

我们这伙人，
怎不歌唱鲁迅！
一唱起鲁迅来，
杀敌的力气，
就披了一身。

我们这伙人，
怎不歌唱鲁迅！
等歌声遍布天下，
人人熟识了鲁迅，
这世界就崭新。

我们这伙人，
怎不歌唱鲁迅！
我们都是鲁迅的学生。
挺着持久——这武器，
身为革命先锋军。

　　——摘自魏巍编：《晋察冀诗抄》，中国青年出版社 1959 年
3 月版。

事务工作

犹如母亲奶活儿子，
犹如火苗燃烧于熔炉，
心血一滴一滴地倾注，
时间是胜利的保姆。

夜深润物的细雨，
决非为了农夫的赞歌，
也无需要狂风替它叫嚣，
完成又完成——这么快乐！

假如说革命是一座宇宙，
事务工作就是每一粒电子，
我安心作一粒电子，
循大的运行而自动。

针对着真理一直地走，
勤劳是我们队列的武器，
不怕钢梁磨不成绣针，
看吧——我们革命职业家！

——原载《诗建设》，1939 年，后收录于魏巍编：《晋察冀诗抄》，中国青年出版社 1959 年 3 月版。

当你再生下

当你再生下
那嫩红的
小生命
小胎娃
（男的女的全是一样）
你千万不要再
披散着头发
咬着牙
把她的颈
死劲地按进尿缸里！
或者从冒火的眼角
把泪水
滴到村口
路上
一直到山沟
随后把他抛给
冰水
冷风
硬石头
让她
哭断最后的
那口热气
当这条小生命

长大了
那饥虎当道的
泪灌肠子的
我们的时代
早就死了！
战胜了日本的中国
（在将来）
会把机器交给我们，
我们从石堆挖出金山
我们荒地开成稻田
升降机伴着汽笛到处歌唱。
运输火车的轨道
穿过地层（密得）
好像人身的脉管。
那时（还能等几年？不久）
你会像早晨睡醒地一般
明白祸害①那小生命
是什么样的罪恶？
是怎样的不该！
并且你觉到你是老了——
连一个那样嫩红的小女儿
也不能再生养
看看机器向我们唤着
来多呀！多来人呀！
你将会不住地叹气！
如果你亲手杀害过小胎娃

① 编者按：祸害，《诗创作》原刊为"活害"。

这时，

你也许会想到要

——自杀！

       ——原载《诗创作》，1942 年第 14 期。

老 韩

八路军攻进来的时候，
在这小城的十字路口，
火腾腾的木器堆里，
一具糊笞腊脸的尸首
正嗖嗖地化着血油。

火焰是那般的执拗，
像定要消灭这具人体，
但明红的火焰里仍旧
挺着那只像从地心
突出来，要戳破天的拳头。

人们说：“这是老韩，
在这里他打过二年血战，
今天给敌人杀死了，
那样子呀，不光人们感动，
听吧，河水也更厉害地汹涌。”

老韩是这里一个雇农，
他很早就参加了八路军。
他觉得当这小军队的战士，
不像奴隶似的长工，
在这里倒真像第一次做了人。

这军队真像记忆中，

模糊了的早死掉的母亲，
在首长的关心下
自己变得年青，
生活里添上了欢笑和歌声。

这山沟里的山村，
有如他衣襟——
那块儿有补绽，有虮子，
那条缝开了线没空儿缝，
他知道得顶清。

每一条山沟他走得烂熟——
当初为报答慈善家抚育的恩情，
他当过十年没工资的牧童，
假若地皮不是每天在变化，
定会看出他赤裸的层层脚印。

所以他被派的任务是刺探军情，
经常混在敌占的城镇。
因为自己人的流血早已见惯，
所以敌人的血再也引不起
他惧怕与怜悯的心情。

每次当我军喊着杀声，
突过刺刀和城寨冲了进来，
他早已在里面打死许多仇敌。
但今天军队看见的他呀，
仿佛只有那一只拳头喊着话语。

一被捕他就破口大骂，
他知道再活下去是没有希望。
看哪，参与他的计划的周云，
对着他闪亮着手扣。

"周云，你这奸商似的家伙，
竟出卖了民族同胞们！
恨我过去没深究你的错误，
你竟发展到投降仇敌！"

他听到那些狗的——汪汪，
活像一群苍蝇：
——死掉冤不冤哪？
——有什么利，有什么名？

劈雷一样，老韩的回答：
"你们汉奸还配谈什么名！？
中国从这些无名人的血汗里，
就会生长起健康的生命！

我不能像你，
拿残害同志换取名利，
现在我干净地死了，
你呵，浑身臭气，死也洗不掉！"

他气愤得眼珠血红，
恨不得干掉这个叛徒，
"比敌人更该死呀！

喘气的死尸！"

他飞起一脚，周云栽倒，
一眨眼又咬掉他一只耳朵，
哪怕周围枪刺闪闪，
出卖同志的家伙却挂上了记号。

他的歌声一直唱到进了火，
那燃烧断肺，他举起了胳膊，
不是为了疼痛才握紧拳头，
"新中华万岁"的呼声呀，叫敌人哆嗦。

老韩没了动静的时候，
敌人早已慌张地退走。
如潮的队伍攻了上来，
擦过火边，看见那只烧炼的拳头。

你要问那只拳头为什么还高举着，
这道理只有自己去寻找——
那是象征着先觉者的革命节操，
使真理的美丽面容永不衰老！

在这将要黄亮的黑夜，
百姓参加军队一起追杀——
行列，行列什么时候才完哪，
在这严峻大地高举着的拳头前面。

——原载《诗建设诗选》，晋察冀前卫出版社 1941 年 8 月版。

三 毛

三毛前年是儿童团，
今年便成了青抗先，
当把他编入青抗先的日子，
他说："不久我便是一个战士。"

"我要像死了的儿童团长，
为革命坚决的牺牲。"
实在的，他到死也难忘掉哟，
那团长给他的火热的爱情。

他这个热情的农民的儿子，
常常讲起团长临死的遗嘱：——
"三毛哇，你不要这样的伤心，
是的，我们是不能再在一处；"

"可是领导你的不只我一个，
还有很多的上级……"
说罢，那团长就死了；
死了还紧握着三毛的手。

三毛的这故事没有讲完过，
因为他激昂的声音给哽咽塞住了。
真叫人疑惑这是神话，
但游击区里这样的诗多着啦！

三毛的家在张家村，
张家村是爱护村，坐落游击区里，
离平汉路十来里地，
村外有一匝土围子。

爱护村里的人民，
像屠户买来的猪羊。
敌人常常偷偷地包围村子，
带着洋刀和机关枪。

爱护村里的人民，
又生着忠实勇敢的心
他们每天轮流着放哨，
明里防游击暗地防日本。

一个夜里轮着三毛站岗，
三毛就犯了一个大的错误；
因为县里来了一伙干部，
今天晚上要召集一个大会。

大会上有县委的政治报告，
还有青救主任带来的新方针，
更有边区来的记者要朗诵诗，
啊，看罢！那真是个春天太阳般的诗人！

村里正召集人的时候，
下命令要三毛快站岗去，
三毛请求另换一个人，

他一定要参加那给灵魂洗澡的大会。

一次两次地他坚持意见，
这样队长就发了脾气，
可是好顽强的三毛哟——
他竟说队长——不该这么专制。

归根队长给了他处罚，
决定叫他连站三天岗还记三个大过，
并且为了今夜的大会，
更派一个队员暗中把他监视着。

大会开始了，紧张又肃静，
反投降的报告像强心剂向人们注射。
看哟，红色的灯光映着人的脸，
眼睛的波涛哟，像一湖鲜血！

朗诵诗像太阳出现于掌声的雷动之上，
屋子中央站着战士的诗人，
啊，灵魂们爆响了，飞腾了，
像闪电穿射着暴风的夜空。

创造新宇宙的艺术力量啊！
全场被诗烧红了，被诗吞了，
谁还记忆着其他呀，
啊啊！谁还记忆着痛苦的三毛！?

三毛他在冷风中对着星光，

星星一个个在鄙视他，
又像互相挤着眼睛——
对他讥笑，咒骂。

他淋着泪，哭得多么伤心，
这时的自己仿佛被推出了人群；
仿佛当初要求加入儿童团的日子，
团员们一齐摆着手——不要你，你是坏人。

他的思想像陨星一直往地下沉，
这时冬夜里他的头里烧着狂焰，
他的心伸出求救的手呼唤着，
但团长不能复活了，
——掷给他的是严寒的三更天！

这冰冷的北风掠起枯雪，
枯雪扫着他的脸，落上枪的红缨，
经过诗人赞美过的火色的红缨枪啊，
——如今也不给我一滴同情！

他的铁枪头扎向了心口……
但猛然他的灵魂战栗了，
好像一条瀑布冲上他的头顶，
杀死团长的人到了。

"开门！今晚上谁的站岗？"
三毛的枪已滑落在地上。
——啊，是包围村子了！

——狗贪的，出卖了秘密！

暗中监视的队员爬出了土壕，
——你要开门，老子先把你干掉！
三毛撒脚了，飞了，
他这时没听到杂乱的狗咬。

是逃跑了藏躲起来吗？
不，死了的团长引着他飞奔，
他一直跑去会场报告，
处罚的事仿佛根本没有发生。

"快快走——敌人包围了！
从西边，敌人在东门！"
领袖们走了，比他飞来的更快，
队长却帮助人把会场的布置撤净。

他毅然地又返回岗位，
这时外面已在急得骂了，
叫骂呵喳呵喳地活像劈雷，
活像要把坚固的围墙击倒。

门上响着铁器的爆音，
三毛感到了不吉的征兆，
但他的心比赎了罪的信徒更愉快。
"噢，我来开门，刚才我睡着了。"

门开了，骂声里，

一个闪光，一个震响——
一颗无情的子弹
打进他的胸膛。

敌人的爱护是典型的清查户口，
不顺眼的老人当场砍头，
青年、儿童、妇女，
完全随着自己的意思带走。

敌人走后，村子像起了灵，
呵，猫头鹰也瞪出惊异的眼睛。
天明了村人希望它是一个梦，
但太阳的手指却顽固地指着片片血红。

领袖们和队长回来了，
他们对三毛默默地爱抚着。
他们的泪像大雨点沉重的滴落，
然而泪呀，浇不熄三毛死后的微笑。

1940 年 3 月 19 日

——原载《诗建设诗选》，晋察冀前卫出版社 1941 年 8 月版。

火亮了夜，宪政！

——十月，我要歌舞在我们新的民主共和国
——旧称"十月"

大鼓、大鼓、大鼓！
大锣、大钹、大钹！
舞跳歌唱的山洪！
舞跳歌唱的山洪！
火把、提灯，人的生力！
啊，啊，九月二十二的夜呀！
啊，啊，中心村呀！
啊，口号、口号、口号！
无数组织了的
山般的人群，
血红的嘴的火山
爆破了，爆破着
宪政的呼声，
宪政的创造、建设，
诗呀！

亿万年蕴蓄的光！
亿万年蕴蓄的电！
爆破了——宪政万岁！
夜——火亮了！
夜——歌舞了！

人民的涌流！
人民的列车！
从河边向大街，
大鼓挺进着，
毛泽东、朱德——人民领袖的画像挺进着，
千万人卷进一个节拍挺进着，
宪政的呼吸挺进着，
新民主主义的脉搏挺进着，
歌舞挺进着——
"我们要实行宪政！
我们拥护聂荣臻！
他的工作多神圣，
要打敌人出长城哟呼唉……"
——歌在飞，
人在飞，
集体的长学的民众艺术大队在飞！
飞、飞、飞！
乡村哪！——
吟哦星空的诗人是死了？
人民卷进来，汇合着，
人民跟着歌，
人民跟着舞，
有嗓子的都喊了，
五十多岁的小脚老娘娘，
卷进来跳舞了！
大队呀——百团大战一样的大队呀，
长征一样的大队呀！
挟着乡村的生力，

挟着大地的生力，
挟着火亮的夜的生力，
舞上三角洲的沙滩。

沙滩——延安南门外的会场！
沙滩——往昔天安门外的会场！
沙滩——十月莫斯科的红场（般的）会场！
戏装的，穿新衣的妇女，
裸腿赤足的农民青年，
小学校的小学生，
五十多岁的小脚老娘娘，
老人、老人，
舞跳，排成了阵势，
排成了海洋的浪潮，
艺术的竞赛呀，
人民的集体创作呀！
掌声、掌声，
农民的讲话，
工人青年的讲话，
小学教员的讲话——
竞选人被提出了
马叔乾
周××
聂荣臻——
夜——火亮了！
人的心——火亮了！
更多的人——鼓掌！
整体的民众—— 一致拥护！

到会的人民——莫不欢呼！
顽固分子——哪里去了？
死了！死了！死了！——
在宪政的力量下死了！

大鼓、大鼓、大鼓，
大锣、大钹、大钹，
夜是死了，
星星月亮在千百火把下□□……
火把燃烧着封建制的皮，
火把燃烧着日本帝国主义的黑箭！
唱啊，歌舞呀！——
边区的血脉在一□□□上！
遍华北的血脉在一□□□上！
全中华的血脉在一□□□上！
全世界的血脉在一□□□上！
宇宙啊，永远歌舞，永远歌舞！
时代决不倒转啊！

1940 年 9 月 2□日

——原载《诗建设诗选》，晋察冀前卫出版社 1941 年 8 月版。

第四章　街头诗作

伤兵的喊声

杀呀！杀呀！
啊，我是受了伤吗？
血，红了一片！
弟兄们不要管我！
不要浪费一刻时间！

去！去！——
把那些强盗追击！
杀死一个强盗，
多活千万个同胞，
不要管我，我的好兄弟！

受伤怕什么？
死，死怕什么？
哪有比这更快意的？——
杀死了许多仇敌，随后倒在中华母亲的怀里。

——原载《国风日报》，1938 年 6 月 24 日。

全家打狼

小日本，是饿狼。
要吃俺爹和俺娘，
还要俺，跟姐姐——大桂香。
俺娘入了妇救会，
俺爹拿枪上战场，
我当儿童团来站岗，
姐姐替同志们洗衣裳。
全家一齐来打狼，
把狼赶回它的东洋。
狼儿不走吃炮子儿，
叫它死在荒山上。

哥哥打仗整一年（歌谣）

哥哥打仗整一年，
我也参加儿童团，
东邻帮咱种谷子，
西邻帮咱浇菜园。

嫂嫂很高兴，
暗暗告诉咱——
"哥哥营里称模范，
如今成了新党员。"

——摘自魏巍编：《晋察冀诗抄》，中国青年出版社 1959 年
3 月版。

我们是人

——边区文救会诗歌传单之二

铅子儿不会转弯，
炮弹也是向上爆炸；
只要你懂得它们的脾气，
只要你听指挥员的话语，
怕什么——
我们是人，
难道敌人不是肉长的？
报名，干了！——
不要叫敌人来了，
再等到当那"白鞋队"！

——摘自魏巍编：《晋察冀诗抄》，中国青年出版社 1959 年
3 月版。

报　名

……
我们未来幸福的孩子
个个都会唱着陈庄战斗；
这句话更要背得烂熟：
我们伤亡十分之六！

写在岩石上①

在抗战里，
我们将损失什么？
那就是——
武器上的锈，
民族的灾难，
和懒骨头！

——写在从甘谷驿到清涧的岩石上

---

① 编者按：选自田间《给战斗者》后记。甘谷驿和清涧，在延安东北，是当时抗战大军东渡的通道。标题为后人所加。

欢迎诗

听到你们回来的消息，
我像读到一册好诗，
执起红色的小旗，
我站在大众的行列里
欢迎我们的领袖
向我们的首长敬礼！
因为我是爱好和平的青年，
因为我是中国的儿子。

1938 年 9 月 10 日

在抗战的路上

在抗战的路上
不要回头——
让那一张
奴隶皮
在背后臭烂吧!

——原载《七月》, 1940 年 3 月第 5 集第 2 期。

只要持久

哪怕我们是房檐水，
哪怕敌人是硬石头，
只要持久，
早晚把石头击碎，
把石头穿透！

——原载《中苏文化杂志》，1940 年第 6 卷第 5 期。

百团大战

百团大战，
全国震动，
谁打的？
我们——八路军。

扩大我们战役的战果，
用我们的手榴弹跟刺刀，
一张一张的
写起捷报！

——原载《抗敌三日刊·战地文艺》，1940 年。

奸 细

像火灾的引媒，
你要不管他
就会把我们的
成绩，
光荣，
希望，
什么都烧成一片黑！

——摘自周进祥：《街头诗在晋察冀》，原载《新文学史料》
1983 年 01 期。

爹妈叫我快快长（儿歌）

（低级国语教材）

我拿不动大哥的枪，
妈妈叫我快快长。
妈妈说：
等我大了给我买杆枪，
那红缎子
比大哥的还要长。

我不会耍二哥的刀，
爸爸叫我快长高。
爸爸说：
等我高了给我打把刀，
那红绸子
比二哥的还要好。

——原载《新中华报》，1938 年 8 月 15 日。《江西地方教育》，1940 年第 179、180 期（合刊）重载。

第五章　抗战歌声

老百姓偷枪

（李劫夫记谱①）

一更里，月正明，
我们要进敌兵营，
腰里暗藏杀猪刀，
大家跑起来一溜风！

二更里，月平西，
蹲在山凹出主意，
鬼子哨兵睡着了，
咱不要把他惊动起。

三更里，月儿降，
进了敌营莫慌张，
他们睡得像死猪，
悄悄地摘下他的枪。

四更里，黑沉沉，
我们出了敌营门，
卧倒开枪呼呼叭，

---

① 编者按：此诗歌又名《老百姓摸枪》《武装起来真英雄》。

看你们还杀中国人！

五更里，东方明，
武装起来真英雄，
东南西北去游击，
打他汽车收县城。

——原载西北战地服务团丛书之一《战地歌声》，丁玲主编，劫夫、史轮、敏夫等著，生活书店发行，1939 年 4 月版。

妇女慰劳小曲

（一为江西送郎小调，周巍峙记谱；
一为李劫夫作曲，文字稍有差异）

老天刮北风，
滴水呀冻成冰，
手拿着（哇）棉背心哪，
送给那八路军。
哎来咦嗬哟，
他为国把命拼。

叫一声三大妈，
快快地往前赶，
把你的白开水呀，
快送到前线去。
哎来咦嗬哟，
他打仗为咱们。

你提着鸡鸭蛋，
我带着油炸糕，
带上了鞋两双呀，
再把那稀饭挑。
哎来咦嗬哟，
一齐去慰劳。

妇女们齐帮忙，

八路军打胜仗，
打走了日本兵呀，
大家享安康。
哎来咦嗬哟，
全国人都荣光。

——原载西北战地服务团丛书之一《战地歌声》，丁玲主
编，劫夫、史轮、敏夫等著，生活书店发行，1939 年 4 月版。

劝夫从军

（打牙牌调，周巍峙记谱）

我的哥，我的郎，
他要离开这家乡，
不要老在奴的身旁，
赶快上战场哎哟，
哎哟，赶快上战场哎哟。

日本鬼，来到了，
杀人放火真凶暴，
土地房屋一笔消，
生命又难保哎哟，
哎哟，生命又难保哎哟。

我的哥，我的夫，
你保家乡快去当兵，
为妻也要入队伍，
去当看护妇哎哟，
哎哟，去当看护妇哎哟。

今夜晚，商量定，
大家分别奔前程，
打跑鬼子回家门，
那时再叙私情哎哟，

哎哟，那时再叙私情哎哟。

——原载西北战地服务团丛书之一《战地歌声》，丁玲主编，劫夫、史轮、敏夫等著，生活书店发行，1939 年 4 月版。

大家来杀鬼子兵

（李劫夫、周巍峙记谱）

达达达，机关枪，
轰隆隆，大炮响，
日本鬼子兵来到我村庄，
你看那黑烟腾空强盗多猖狂。

东邻在哭儿郎，
西邻在叫爹娘，
咱们的乡亲紧捆在大树上，
强盗们把那刺刀刺在人胸膛。

妇女们跑得慌，
满脸上是血浆，
你看那鬼子兵朝我们家里闯……
兄弟们拿起家伙赶他们出村庄！

乒乒乒，锄头拼，
咕咚咚，棍子抡，
看这些野兽们栽倒在地埃尘，
我们就去打游击，大家去杀鬼子兵！

1937 年

——原载西北战地服务团丛书之一《战地歌声》，丁玲主编，劫夫、史轮、敏夫等著，生活书店发行，1939 年 4 月版。

我们要做个游击队

（山西阳曲调，李劫夫记谱）

我们要做个游击队，
你拿锄头，我拿锤，
工人农民都起来，
快快向前追。

游击的队伍打日本，
到处解救老百姓，
兄弟姐妹来加入，
大家一条心。

游击队配合主力军，
更要联合老百姓，
轻轻绕到敌后方，
收复××①城。

游击的战术变化多，
摸他兵营截火车，
不打硬仗只软攻，
分散又集合。

敌人要灭亡我人种，

① 原诗注：××代表地名，唱时可填进合适的地名。

占去东北又平津，
奸淫抢杀无天理，
我们不能忍。

一心一意地把国救，
捉拿汉奸莫停留，
不救国来不能活，
向着活路走。

要救国先得有自由，
快向政府去要求，
政府人民携起手，
中国定出头。

——原载《中国诗坛》，1938 年 2 卷 4 期；后收入西北战地
服务团丛书之一《战地歌声》，丁玲主编，劫夫、史轮、敏夫等
著，生活书店发行，1939 年 4 月版。

西线三部曲

（李劫夫记曲）

我们十三军，
抗战多英勇，
守南口，不怕飞机大炮轰，
血染边关河山红，
千古有光荣。

我们十四军，
忻口显威风，
他们要与那关山共死生，
打死鬼子千千万，
堪称模范军。

二十六路军，
真不怕牺牲，
石家庄山西连杀鬼子兵，
娘子关前山岳动，
天下皆仰名。

——原载西北战地服务团丛书之一《战地歌声》，丁玲主
编，劫夫、史轮、敏夫等著，生活书店发行，1939 年 4 月版。

十三月

（李劫夫记曲）

正月那里来正月正，我们的领袖是蒋公。
坚决抗战保卫祖国，他是我们中国的铁长城。
二月里来暖煦煦，小诸葛本是白崇禧。
神机妙算兵法好，小鬼子听着哭啼啼。
三月里来柳丝长，军事大家冯玉祥，
参谋戎机韬略广，声名远震东西洋。
四月里来到夏天，西线司令阎锡山，
文武全才经验富，抗战功高万古传。
五月里来榴花红，少年英俊是陈诚。
指挥沪战几个月，敌人死伤十万挂零。
六月里来雨点多，十三军长汤恩伯，
南口抗战多英勇，威风凛凛振山河。
七月里来起秋风，二十六路孙连仲。
浴血抗战几个月，赤血报国不怕牺牲。
八月里来月光明，朱德指挥真有名。
游击战术人人晓，敌人听着只吵头痛。
九月里来雁南飞，八百壮士守闸北。
中华不亡这是铁证，他们堪比宋岳飞。
十月里来进了冬，为国捐躯郝梦龄，
赵登禹来佟麟阁，千年万代钦英风。
十一月里来水成冰，关外几十万义勇军。
漫山遍野打游击，吓得鬼子不敢出城。
十二月里来关迎春，各省人马全出征，

人民武装齐参战，疆场上面显威风。

十三月里来闰月年，持久抗战敌胆寒。

上下一心像铁铸，最后胜利定归咱。

——原载西北战地服务团丛书之一《战地歌声》，丁玲主编，劫夫、史轮、敏夫等著，生活书店发行，1939 年 4 月版。

追悼阵亡将士

（用歌颂诗人普式庚①谱，田间、史轮、周巍峙共同配词）

把花圈肃敬地献上，
全中华民众齐声哀音，
你们坚决你们勇敢为国牺牲，
不死的精神永留世上。

您在光荣里安息吧！
抗战火焰正在高扬，
敌未灭你们已经不能再战，
未完的重担让我们承当。

——原载西北战地服务团丛书之一《战地歌声》，丁玲主编，劫夫、史轮、敏夫等著，生活书店发行，1939 年 4 月版。

---

① 编者按：普式庚，今译为普希金，俄国著名的文学家、诗人。

歼灭战

（献给津浦线英勇战士，李劫夫谱曲，周巍峙写合唱）

战取独立！
战取自由！
中华儿女不是死囚。
中华儿女正在战斗！

坦克横冲，
重炮怒吼，
工兵爆破空军炸，
骑兵抄向敌人后！

预备队加上去，
机关枪加紧扫！
看敌阵混乱敌人退后，
桥梁早断，
伏兵挺起！
强盗哪里走？
追下去！
前进一步一步土地还我手！
追下去！
敌人不灭，
我们大家决不回头！

1938 年创作于西安

——原载西北战地服务团丛书之一《战地歌声》，丁玲主编，劫夫、史轮、敏夫等著，生活书店发行，1939 年 4 月版。

庆祝胜利歌

（李劫夫记曲）

庆祝胜利，提起灯，
参加行列，来游行，
东街上狮子灯，
西街上黄瓜灯，
十字街上牌坊灯。

庆祝大捷，提起灯，
欢呼歌唱，不住声，
南街上鞭炮声，
北街上锣鼓声，
大会场上万岁声。

——原载西北战地服务团丛书之六《战地歌声（二集）》，
劫夫、田间、史轮合著，生活书店发行，1940 年 5 月版。

五台山

（李劫夫曲）

五台山起愁云，
秋雨愁煞中国人，
逃深山藏密林，
衣薄肚饿哑不成，
豆子烂在田地里，
房屋座座化灰烬，
大道上乱哄哄，
日本强盗捉百姓，
刺刀闪白光，
枪弹吱吱地鸣，
要想平安回家转，
除非打走日本兵。

五台山春景新，
男男女女多开心，
柳叶绿杨叶青，
满山遍野军旗红，
兄弟哥哥去打仗，
老幼妇女齐播种，
大道上军号鸣，
游击队伍转回程，
一人三杆枪，

洋马一群群，
晋冀察边五十县，
抗日政权赛铁城。

——原载西北战地服务团丛书之六《战地歌声（二集）》，
劫夫、田间、史轮合著，生活书店发行，1940 年 5 月版。

世界妇女小调

（北方小调，李劫夫记曲）

姐妹卸红装，一齐背起枪，中国妇女，今天上战场。
可叹希特勒，生来性情刚，硬叫妇女，全都回厨房。
日本更混账，侵略发了狂，国内妇女，哭得天无光。
看那西班牙，妇女上前方，战败法西斯，天下得安康。
再看那苏联，妇女喜气扬，平等的权利，列在那宪法上。
全世界姐妹，站在一线上，解放的担子，放在咱肩上。

——原载西北战地服务团丛书之六《战地歌声（二集）》，
劫夫、田间、史轮合著，生活书店发行，1940 年 5 月版。

游击队四季南北进军

（河北小调，李劫夫记曲）

春天里桃花遍山红，
我们游击队出了竹林，
百姓报告的呀，敌人，
我看你难逃生。
咦呼呀呼咳！

夏天里杏子满树红，
穿过青纱帐，猛向前进，
道路比你熟呀，强盗！
难回你东京城。
咦呼呀呼咳！

秋天里柿子遍地红，
我们月光下正在进攻，
爬山快无比呀，你看，
活像（哪）一阵风。
咦呼呀呼咳！

冬天里雪地血染红，
强盗任意地杀我百姓，
土地是咱的呀，同胞，

收回来好耕种！

咦呼呀呼咳！

——原载西北战地服务团丛书之六《战地歌声（二集）》，劫夫、田间、史轮合著，生活书店发行，1940 年 5 月版。

庄稼人打日本

（河北小调，李劫夫记曲）

北风尖又尖，
雪片飞满天，
强盗们怕偷营，
把村庄都烧完，
老乡们拿起锄头拼命干，
敌人不走我们是不能有平安。

桃叶尖又尖，
柳叶青满天，
日本兵为打仗，
把树林都砍完，
老乡们拿起镰刀拼命干，
敌人不走我们是不能再种田。

麦芒尖又尖，
山雀儿叫满天，
野兽们防人民，
把麦苗都割完，
老乡们拿起快枪拼命干，
敌人不走我们是不能得饱暖。

——原载西北战地服务团丛书之六《战地歌声（二集）》，
劫夫、田间、史轮合著，生活书店发行，1940 年 5 月版。

六月里

（山东小调，李劫夫记曲）

六月里三伏好热的天，
农民们一伙伙在场院，
这边操练自卫队，
那边排着妇女团，
大汗淋淋还不止，
抗日的精神，嘿！高过南山。

六月里三伏好热的天，
街坊聚齐在树下边，
这边大呼保卫武汉，
那边又喊收太原，
看看人民这股劲，
自由平等，嘿！就在眼前。

——原载西北战地服务团丛书之六《战地歌声（二集）》，
劫夫、田间、史轮合著，生活书店发行，1940 年 5 月版。

孩子唱

（山东小调，李劫夫记曲）

达滴儿哩的当啊，郎当哩的，
叔叔大爷穿上军衣呀，多么整齐啦哩。

旗子在头里啊，马在末尾，
一二三四出了村子呀，前去杀敌啦哩。

咱们在家里啊，总得注意，
可别让汉奸和那托匪呀，混进村里啦哩。

——原载西北战地服务团丛书之六《战地歌声（二集）》，劫夫、田间、史轮合著，生活书店发行，1940 年 5 月版。

老婆子苦

（山西偷点心小调，李劫夫记曲）

老婆子今年六十五，
心儿里好比那个黄连苦，
早死了丈夫又没生儿子，
只有一个女。

老婆子种地又织布，
母子们省吃俭用过日子，
大姐儿许配给王家寨，
过年就要娶。

日本兵打来如狼虎，
大人们着急小孩哭，
这一夜闯进老婆子的门，
叫喊像杀猪。

老婆子受伤谁看护，
大姐儿抢走不知生和死，
对着那一片大火流下泪，
爬也爬不出。

——原载西北战地服务团丛书之六《战地歌声（二集）》，
劫夫、田间、史轮合著，生活书店发行，1940 年 5 月版。

攻打望都城

（一个战士说的故事。仿山西小调，李劫夫曲）

太阳下山我们冲出了村，
一心里去攻望都城，
望都城上灯火稀，
雾沉沉黑洞洞像个死城。

远远听得火车咕得隆冬，
咱们的铁道强盗用，
怀着仇恨猛前进，
城边的冷风里腥臭难闻。

黑暗之中，信号响连声，
乒乒乓四处净枪声，
城上开了机关枪，
同志们一声杀爬上了城。

一片火光兀兀映上天空，
立时间吓坏了日本兵，
原来百姓齐暴动，
警察们保安队全都反正。

喊杀声中敌人退了城，
紧守着东站不放松，
架起水龙洋油烧，

这一笔人命债叫他偿清！

战斗刚完，传来爆炸声，
敌援军中了埋伏兵，
破坏铁路几十里，
配合我各战线一齐得胜。

——原载西北战地服务团丛书之六《战地歌声（二集）》，
劫夫、田间、史轮合著，生活书店发行，1940 年 5 月版。

嘟啦咳

（李劫夫记曲）

兄弟姐妹、兄弟姐妹，

听我讲讲前线抗战消息嘟啦咳，

打坏敌人列车啦嘟啦咳，

罐头肉、黄大鳖，尽吃尽穿，

更有洋马骑多么得意嘟啦咳，

大伙加入抗日军啦嘟啦咳。

——原载西北战地服务团丛书之六《战地歌声（二集）》，劫夫、田间、史轮合著，生活书店发行，1940 年 5 月版。

失地上的哀歌

（北平五军思夫调，李劫夫记曲）

忽听街上起了锣声，
钱粮没完维持会又催征，
锅子里是清水，
饿得孩子睡不成，
骂一声害人的汉奸心太狠，
哼唉哟。

忽听门外大喊连声，
又叫拿钱送给日本军，
衣被全卖尽，
冻得孩子放哭声，
快给我游击队报信杀他们，
哼唉哟。

——原载西北战地服务团丛书之六《战地歌声（二集）》，
劫夫、田间、史轮合著，生活书店发行，1940 年 5 月版。

坚决抵抗

（山西割韭菜小调，李劫夫记曲）

坚决抵抗，坚决抵抗，
反对妥协和投降，
妥协投降等于死亡，
誓死保卫我家乡，
起来起来，武装武装，
携起手来上战场。

肃清汉奸，肃清汉奸，
大家快快起来干，
别让汉奸出卖河山，
推翻傀儡伪政权，
努力努力，上前上前，
独立自主多喜欢。

开放民众运动，开放民众运动，
民众救国是应分，
人民起来力量无穷，
工农商学齐出征，
前进前进，冲锋冲锋，
民主共和真光荣。

——原载西北战地服务团丛书之六《战地歌声（二集）》，
劫夫、田间、史轮合著，生活书店发行，1940 年 5 月版。

砍樵歌

（现代题材京剧《白山黑水》第三场中的唱段，周巍峙谱曲）

东北如今事事乖，
每天两晌来打柴。
捐税苛重无法过，
要想活命干起来！
（砍樵噢，砍樵噢）

大好森林砍伐掉，
运往东洋一排排。
五尺男儿杀声起，
要那强盗化①劈柴！
（砍樵噢，砍樵噢）

1938 年 9 月创作于延安

——原载西北战地服务团丛书之十《白山黑水》，丁玲主编，史轮、裴东篱等著，生活书店发行，1939 年 4 月版。

---

① 编者按：化，《周巍峙声乐作品选》为"代"。

庆祝胜利歌

（现代题材京剧《白山黑水》第五场中的唱段，李劫夫记谱）

一、收复一切失地

庆祝胜利提起灯

国旗飘扬满提灯

海伦城

得新生

众百姓

齐进攻

更要收复东哟吼

东四省哟吼

呀嘟儿亦呀呀呼咳！

二、扩大统一战线

铁足连顿拳连擦

铁肩担起新中华

各党派

齐参加

除托匪

避摩擦

统一战线要哟吼

要扩大哟吼

呀嘟儿亦呀呀呼咳！

三、坚持持久抗战／中华民族万岁

东边天上现曙光
光明照遍太平洋
同胞多
土地广
全世界
齐帮忙
最后胜利在哟吼
在我方哟吼
呀嘟儿亦呀呀呼咳！

——原载西北战地服务团丛书之十《白山黑水》，丁玲主
编，史轮、裴东篱等著，生活书店发行，1939 年 4 月版。

坚持持久战

（史轮与李劫夫作词，李劫夫作曲）

打呀打呀，坚持持久战，
英勇作战不怕困难。
失掉城市不要悲观，
失掉铁路不要慌乱，
正面部队继续防御继续干，
后方建立机械化兵团，
挺进支队配合民众作战，
变更敌人后方为前线。
前面堵呀，后边牵，
持久下去就会转入有利的局面。

打呀打呀，巩固统一战线，
团结抗战不听离间。
敌人深入敌军困难，
战争持久敌军厌战，
共产党领导坚决打来坚决干，
军民意志好比铁一般，
开展游击创造根据地呀，
收复失地摧毁伪政权。
今天打呀，明天干，
持久下去就会造成反攻的条件。

——摘自《劫夫歌曲选》，春风文艺出版社 1964 年 3 月版。

保卫边区

（李劫夫作曲）

军队坚决，民众勇敢，
一齐保卫新政权。
不怕他五路六路来进攻，
我们坚持持久战。
出同蒲，越平汉，
牵制太原山海关，
攻正太，打绥远，
让敌人顾北不顾南
实行合理负担和民选，
谁都高兴上前线。
创造新的根据地，
让日本强盗快滚蛋、快滚蛋。

进攻铁路，破坏电线，
广泛开展游击战。
不怕他占领城市紧封锁，
我们军队总动员。
造枪炮，造炸弹，
消灭他的点和线，
练军队，增生产，
让我们边区稳如山。
争取伪军反正齐抗战，
敌军越打越困难。

巩固扩大根据地，
让新的中国快实现、快实现。

——摘自《劫夫歌曲选》，春风文艺出版社 1964 年 3 月版。

杀过哈尔滨

（周巍峙谱曲）

眼泪流尽，
也打不动强盗的铁心，
膝盖跪烂，
也不能退去一个敌人，
自己的家乡，
自己要永远居住，
自己的妻女，
不能让强盗奸污。

快举起武器，赶上战车，
跟上我们的前锋，
杀出榆关，
杀到吉林，
杀过哈尔滨！
伙伴们，
像电流一样地前进吧！
全世界的电台等着播送我们胜利的声音！

　　——摘自《周巍峙声乐作品选》，中国文联出版社 2006 年 6
月版。

附载一 编著存目

（一）个人专著

《白衣血浪》

长诗。上海泰东图书局，1933 年 6 月 5 日初版发行。已收录于本书。

《白血球》

拟出版短篇小说集。1933 年 6 月 11 日《申报》预告，拟出版"史轮著《白血球》（短篇小说集），包括作者在《创造》《新流》《泰东》等月刊所发表之前期作品及未发表者十余万字"。

《战前之歌》

诗集。诗歌出版社 1936 年 12 月版。已收录于本书。

《毁灭了吗?》

拟出版诗集。1937 年初，中国诗歌作者协会计划出版《诗歌丛书》，其中拟于 7 月出版史轮的《毁灭了吗?》。

《持久战歌》

街头诗集。晋察冀边区文化界抗日救国会，1941 年左右出版。

（二）参编书目

《战地歌声（一）》

西北战地服务团丛书之一，丁玲主编，劫夫、史轮、敏夫等著，生活书店 1939 年 4 月出版，刊有史轮作品 9 首，本书已全部收录：

《老百姓偷枪》

《妇女慰劳小曲》

《劝夫从军》

《大家来杀鬼子兵》

《我们要做个游击队》

《西线三部曲》

《十三月》

《追悼阵亡将士》

《歼灭战》

《杂技》

西北战地服务团丛书之三，丁玲主编，张可、史轮、醒知合著，生活书店 1938 年 7 月出版，刊有史轮作品 5 篇：

《提倡街头艺术》（代序之二）

《津浦线》（快板，与醒知合著）

《战士还家》（铁片大鼓）

《新化子拾金》

《抗日十字段》

《西线生活》

西北战地服务团丛书之五，西北战地服务团集体创作，生活书店 1939 年 4 月出版，刊有史轮作品 5 篇：

《这样的记者生活》
《谈谈我们的街头壁报》
《生活检讨会》
《丁玲同志》
《母亲，孩子们回来了！》

《战地歌声（二）》

西北战地服务团丛书之六，丁玲主编，劫夫、田间、史轮合著，生活书店 1940 年 5 月出版，刊有史轮作品 13 篇（首），本书已全部收录：

《我对填小调的意见》（代序）
《庆祝胜利歌》
《五台山》
《世界妇女小调》
《游击队四季南北进军》
《庄稼人打日本》
《六月里》
《孩子唱》
《老婆子苦》
《攻打望都城》
《嘟啦咳！》
《失地上的哀歌》
《坚决抵抗》

《白山黑水》

西北战地服务团丛书之十，丁玲主编，史轮、裴东篱等著，生活书店 1939 年 4 月出版，刊有史轮作品 3 篇（部）：

《戏剧①：白山黑水》（与东篱合作）

《关于〈白山黑水〉的制作》

《独幕剧：我叫你粉碎》

《西北战地服务团战地通信录》

战地生活丛刊第九种，丁玲、奚如编著，上海杂志公司 1938 年 8 月 21 日刊行，刊有史轮作品 3 篇：

《朱总司令给我的印象》

《晋西北的游击运动战》

《欢迎美国军事家喀尔逊》

《西北战地服务团戏剧集》

战地生活丛刊第十种，丁玲、奚如编著，上海杂志公司 1938 年 8 月 21 日刊行，刊有史轮作品 3 篇：

《忻口之战》

《小英雄》

《台儿庄的插曲》（与袁勃合著）

---

①　编者按：《白山黑水》书中标题为京戏，内容写为平剧。

（三）报刊发表的作品

《雏男子的时候》，原载《矛盾月刊》，1933 年第 2 卷第 4 期。

《影子》，原载《新上海》，1933 年第 1 卷第 3 期。

《猎》（短篇小说），原载《京报》，1933 年 7 月 25 日至 8 月 6 日，十二期连载。

《臧克家和王亚平》，原载《天津大中时报》，1936 年 12 月 18 日、25 日连载。

《史轮、冀春共同的意见》，原载《天津大中时报》，1937 年。

《窝集》，原载《文学导报》，1937 年第 1 卷第 6 期。

《战地诗讯（一）》，原载《中国诗坛（广州）》，1938 年第 2 卷第 3 期。

《送别我们的管理员》（通讯），原载《春云》，1938 年第 4 卷第 4、5 期。

《激变的东官镇》（散文），原载《春雷》，1938 年第 4 卷第 6 期。

《抗敌人物：萧副师长访问记》，原载《联合旬刊》，1938 年第 1 卷第 1 期。

《同蒲路工人游击队》，原载《新华日报》，1938 年 6 月 20 日。

《五月毒火》，原载《新华日报》，1938 年 6 月 26 日。

《山西洪洞第四区自卫队检阅大会》，原载《新华日报》，1938 年 2 月 3 日。

《晋南的故事》，原载《新华日报》，1938 年 8 月 2 日。

《竖起我们森林的烟囱》（诗歌），原载《战歌》创刊号，1938年8月16日出版。以叙事性诗歌的形式，描写了晋察冀边区八路军在森林中战斗、生活的事迹。

《在洪子店的见闻》（通讯），原载《抗敌报》，1939年1月30日。

《什么是文化》，原载《抗敌报》，1939年6月27日。

《政治时事和艺术》，原载《抗敌报》"文化界"专栏，1940年2月12日。

《接受歌谣的精华和精神》，原载《力报（桂林）》副刊《半月文艺》第二十四、二十五期合刊，1942年5月30日。

《边区公安局长》（诗歌），题见《晋察冀文艺史》，王剑清、冯健男主编，中国文联出版社1989年12月版。

《给我个》（诗歌），题见《晋察冀文艺史》，王剑清、冯健男主编，中国文联出版社1989年12月版。

附载二　诗歌理论

国防诗歌的几个要件

国防诗歌是国防力量的洪流之一支，当然她的一切的一切都是围绕着国防这一面鲜明的旗帜的。只要是不自外于中华民族，不甘做汉奸亡奴的诗人都该集合于这旗影的下面；不错，我们的出身、环境和因生活、地位造成的思想、作风彼此有着不少的差异，但是你既有意要做救亡工作，那么你的诗篇须是一种杀敌的利器或至少在某一点上须具有杀敌的意义。绝不能再是供人玩赏的什么所谓艺术品，更其不是博取公子、小姐欢心的莺声、巴儿狗叫。

这些实在有关于我们创作的态度和手法的。下面就是个人关乎国防诗歌要说的几件。

1. 国防的任务不是一两个人可以完成的，同样，国防诗歌的任务也不是一两个诗人可以做得好的。那么写诗的人必须加多，我们的写作也必须格外努力，因为这就和开火的时日必须拟编队伍，必须时时地地要受辛苦一样。我们的读者呢，也必须是大多数的集体，因而国防诗歌必须较前格外大众化，更为最大多数所能听得懂。所以像佩弦先生引用的林徽因女士的"别丢掉"，非经佩弦详加解释而不为我所懂的诗篇简直是劳什子！——试想四万万人民之中，我能占百分之几呢？很有修养的佩弦又能占几十万或几百万分之几呢？①

————————

①　原文注：见《文学·诗专号》。

像，杨骚先生说的"丰灾"，和对诗歌的斯达哈诺夫——运动的解释我觉得也有些不妥帖：若把诗歌的收获按照人生、社会的需要说起来，只有把它分为谷和莠，前者越丰越好，后者越少越妙，不能混为一谈的什么灾。抗敌的武器不能嫌其多，土炮、鸟枪、石子、木棒绝不能因其窳劣而放弃——在近代化的武器一时不足用之前。再说斯达哈诺夫的产物较磨洋工的制造绝不坏，既用了斯达哈诺夫这个名字，就无须再量啦、质啦的解释。只要它对国防有点帮助，哪怕人们说"不是诗"呢，那也没什么。像"还乡记"就有人说不是诗，但她仍不失其意义和价值。

我们只有"小先生"似的自学、教人，以死了拉倒的精神来干才行！①

2. 当李三哥的房子失了火的时候，哪怕不光李三，恐怕无论是何人也不会再想用什么调子，用什么字音，或者怎样的喊法才好呢……国防诗歌也必须以豁命地喊"着了火啦！"的精神来从事制作才好；不然若专在选声、悻色、美的律动……上面下"死不休"的工夫，裹小脚的闻一多等的新月派似的专在形式上雕琢，那么越求"激动灵魂"恐怕结果越是负。

内容是人的整体而形式不过衣帽，裸体的许褚更便利于战马超，而成衣铺的"人像衣架"却半点不能自己动弹。

国防诗歌顶要紧的元素是力量；是马赛曲、冲锋喇叭、呐喊和"乌拉"，才能担负国防的巨任的一部。

3. 国防的路一步上之后，有大声疾呼的号召，有对敌人、帮敌人者的谩骂，有一鼓作气地愤勇杀敌，有惊羁的火，隆隆的炮，有受伤者的呻吟，有对死友的哀哭，有敌人监视下的喁喁私语，有……因此我们的诗的主题无疑的是多样化。所以我

---

① 原文注：见《光明》。

们也不能再用那固定的什么短句啦，豆腐干式啦，什么四行，十三行啦，什么抑扬格啦，旋律啦，什么画啦，法国英国式，泰戈尔，惠特曼啦……我以为什么样的内容就用什么样的形式，用字和韵，以及调子、节拍……必完全以内容为依归。何者该用歌，何者该用谣，时调，大鼓，剧诗，何者该用叙事，抒情，何者该用比喻，何者该用象征——如春象征和平，黎明象征幸福——必看内容而加取舍。

臧克家老保持他"春风吹皱了湖水"的调门，田间一律用他的短句，故有茅盾指出的缺陷，蒲风在"怒潮章"用黄河决口的调子，李华飞在《低诉》里用细雨绵绵的小曲的声音，这样的唱："……有紫红色的水，紫红色的天，紫红色的船夫拖着纤。……有青黑色的树，青黑色的天，青黑色的樵子挥着镰"。江蓠在《义勇军三章》里充满了悲愤，岳浪在《路工歌》里用了"唉浩，唉浩"的劳动的音腔；钢铁的歌唱雄浑于生活，《死亡线外》悲痛于《黎明前奏曲》……这都是很可观的例子。①

不顾内容而故意压抑情感是歧途；没有内容而捏造或模仿格式更是死路。

4. 为了便于使大众记忆，流行，而把热血沸腾起来，顶好是歌谣化的，歌唱的；大众朗读的诗。温流的《青纱帐》《我们的城墙》，李雷的《枪》，果尔德的《范宰将死在牢里》，倍兹勉斯基的歌谣诗真是迫切地需要着的。

采取绘画的要素而忘记了音乐成分的现代派的诗歌那只能供献给亭子间里的哑文人而不是走上前哨或将要走上前哨的大众所需要的。

我们须为耳朵、嘴来着想。

道门里的咒话，珠算的歌诀，孩子的谣，劳动者的吮唷

---

① 原文注：本段见《文学》8、2，《六月流火》《诗歌小品》《诗歌季刊》，以及岳浪、蒲风、沈旭各人的集子。

……全是可以口唱的。

船夫的欸乃，比炒落花生的声音好听，大鼓比平词悦耳，所以诗歌又可以和作曲家握起手来，前进。

新的诗人们哪！不要管一些名人的耻笑，贵族的白眼。各尽自己一份天良来研究，制作国防诗歌吧！不要管门户里的人们的不公的攻击，不要管穿着爱国的外套而专从事汉奸的勾当者们的非难；打破一切规律的束缚向大众里面锻炼我们的崭新的诗笔来放声地歌唱吧！

只要我们的嗓子一天不哑，只要我们的声音有人听取！

大众才是我们顶好的老师朋友，顶公平的评判员！

大众里面有我们顶新颖而又顶宝贵的语汇、节奏……和正确的意识——诗的整个生命！

只要深入大众，我们的诗便会祛除了锈垢、菌毒和一切的丑恶。

只要深入大众，我们的诗人便格外旺炽起生命的焰光，增壮了迈进的脚力！

最后请诗人们像主张斯达哈诺夫运动的蒲风，以及诗坛的勇士们如沈旭、李雷、梦萍、岳浪、亚平、雷石榆、紫秋……来共同在血火的世纪中嘹亮地兴起钢铁的歌唱！

时候多么急促哇！

1937 年 3 月初

——原载《诗歌杂志》第三期，1937 年 5 月。

我对于填小调的意见

我本来也不承认填小调是音乐的唯一的路；但我也不同意说它是没有出路的那种意见。当然民众都能唱起雄壮、激昂的歌，甚至二部啦、四部啦都能唱得来，那是更好些。可是事实上那种歌子学习起来的确不如小调来的快，再说老百姓和军队多是匆忙的，他们没有过多的时间，来学习那比较困难一点的歌。尤其是这抗战期间。

我往往听见在街上边走边唱的军队，我就笑不可抑；听吧：拍子、调门，简直和原曲悖谬的不成样子。不过小调的确是好一些。

这是我辗转于西战场上大半年的经验之谈。是的，小调也有缺陷，譬如多数是比较轻快、活泼的调子，不太相合于抗战课给歌唱的任务；但从本团以及上千带万的弟兄们、老乡们唱它的过程中，我得了一层更深的了解，就是曲子能随着词意变的，我举下面这个例子来作证明吧：

在本团的第一集《西线战歌》里，有一个男女一齐上前线，歌里面的末一句原词是：

"迈金莲迎接我郎进房中，一步一点红。"后来经敏夫改作改为：

"不让那日本鬼子来逞凶，屠杀我国民！"

所以在唱着后者的时候都不觉不知地把原调变为紧张有力了。在原词里"莲"读作"莲儿"，"郎"读作"郎儿"，"中"读作"中儿"，"点"读作"点儿"，所以格外轻快，然而在唱着后者的时候，听起来，确乎有了悲壮的味道。

说起这填小调，并非本团开创的，这在以前的"红军"里早就实践着了，因为鉴于他们用这东西去宣传，收效很大，所以我们也就仿效起来。不过记曲的这一工作却确是劫夫同志开始的。实在的，你到穷乡僻壤的地带看看那些人民，那些落后的人民，真叫你不敢把那二部、四部合唱的洋洋之歌拿出来，因为你唱了半天，他们还是不懂！就让你说那是火车、大炮；小调是驴子、大刀；那么难道在无力办到尽是火车、大炮的时候，驴子、大刀也索性不用了吗？所以不管别人怎样说，我们仍在填小调，因而有了这第二集。

当然也不忽视创作新的歌子，——我们是大炮、大刀并用的。——这也正像我们抗战的队伍。

不过填小调也有些应当注意的，那就是：

（一）先审察原曲的情调——固然一般说起来是不甚雄壮；但仔细分析起来，也有种种不同，譬如快乐的、感伤的、悲哀的、兴奋的也尽有着。审度其为哪种情调之后，再来填词，在唱起来一定再不会有矛盾之感。所以这一集中的《逛花灯》，我填成庆祝胜利的词，并且在第一阕中用了原有的一两句，因为逛花灯的情调和我们为庆祝胜利而提灯游行的情调同是兴奋、快活的，而在《老婆子苦》里填上了一支悲哀的词，因为原来的情调，就颇富有山西那郁闷的穷苦的山地气息。

（二）耐心玩味原词——因为一个小调的产生和一个歌谣的产生一样，都是"妙趣天成"的天籁声音，和谐、自然、流畅，而且在流传之中不知经过了多少人的增删、修改的工夫才成了如今的样子。所以我们在填制新词时也顶好把原词的奥妙处细加玩味，然后才能填得更好一些。

当然它那不好的部分也要尽量抛弃的。

（三）注意原词的词的联写——词的联写和曲的拍子是相吻合的，如果拆开那就不便于唱，所以遇到类似这种技巧的场合，绝不可模糊从事。譬如《游击队四季南北行军》的原词是：

"正月里探妹正月呐正"

在填起新词也就按原词的词儿，填成：

"春天里桃花遍山红"

不过在第四支的末句就不大好了——

原词："我试试你的心"

新词："收回来好耕种"

因此在唱起来，就感到些许困难。

此外的意见，如故事化、形象化等等，我与敏夫同志在《我怎样写起小调的》一文中所发表的相同，所以不必再多说了。

此外，我觉得有一点儿遗憾的，在《游击队四季南北行军》中，我本来打算写四个不同地区的游击队：第一支写江浙一带，所以用了"竹林"二字。第二支意在写冀鲁一带，所以特选了"杏子""青纱帐"，不过仍难别于北方的其他地区，甚至于因"青纱帐"三字，有点类似东北了。第三支用了"柿子""爬山"，似乎对山西一带，表现的还好。那么第四支便是东北了，不过"雪地"代表华北这广大的土地上任何一区也未尝不可。所以我觉得没更用心去找适当的词儿，是自己颇为不满的。

这，容我在以后的填制中补偿这缺陷吧！

★ ★ ★

本来，我不懂得作曲，但我觉得我们中国的曲子只学习外洋对于她的流行是要受阻碍的。因为从填小调里我更知道中国的小调和"洋歌"（因为这样说惯了，就姑且这样写吧。）有一点根本不同的所在，是语言的关系：如西语是多音字，而且主音、副音特别分明，所以洋曲中多符点音符；中语是单音字，每个音是分开的，不连贯的，所以和语言有着血缘关系的小调（中国曲亦如此）中多二分音符和三联音符，而且调子往往流于活泼、轻快，绝不像洋曲之易于激壮。像"你看战斗机"来到我们的嘴上就变成活泼的调子了，总多少减少了她原来的滋味的，所以在这里向作曲家特别提出一点意见，就是作曲家以后尽可批判地采取中国曲子、小调的特长，我想对曲子的流行是更便利的。

　　这个意见，对不对尚希作曲家指教。当然我不是主张本位文化的人。

5 月 17 日，于西安

　　——此文作为"代序"原载西北战地服务团丛书之六《战地歌声（二集）》，生活书店发行，1940 年 5 月版。

附载三　忆赠史轮

史轮在烛光边工作

田　间①

史轮，
平息着；

然而，
那尖锐的
嘴唇上，
仍吐着，
仇恨的
气味。

——总好像
又要唾骂着，
敌人，托匪，叛徒，……
使我们听到，

---

① 田间（1916～1985），原名童天鉴。安徽无为人。1933 年在上海光华大学读书，1934 年参加中国左翼作家联盟，并参加《文学丛报》和《新诗歌》的编辑工作。1937 年曾在日本，抗战爆发后回国，在上海、武汉等地参加抗日救亡运动。1938 年在八路军西北战地服务团任战地记者，与史轮为同事。同年到延安，曾和邵子南、史轮等发起街头诗运动。历任边区文协副主任，冀晋区《新群众》杂志社社长等。著作的诗集有《未明集》《中国牧歌》《中国农村的故事》《给战斗者》，长篇叙事诗《赶车传》等。

半疯狂的
语音
混合着
嘲笑。

史轮，
没有平息；
（除非他，
他自由了！）

说过话，
坐到床沿，
他披着
衣裳，
他哼着
腔调，
烛光边，
——呼喊……
——工作……

1938 年 4 月 20 日，夜

——原载西北战地服务团丛书之八《呈在大风砂里奔走的冈卫们》，田间著，生活书店发行，1938 年 7 月版。

赠史轮

宣侠父①

终南岚色郁葱葱，争向茂陵纪武功。
峦气朝笼残垒白，陌花春傍古坟红。
时危更觉河山好，世乱浸悲道路穷。
借问谁非霍去病，只缘剑匣尚空空。

---

① 宣侠父（1899～1938），又名尧火，号剑魂，浙江诸暨人。1916 年考入浙
江省立特种水产学院，毕业后获准公费去日本留学。在日本研究马克思主义，积极
参加社会活动，被母校停止公费留学待遇。1922 年回国，和共产党人俞秀松、宣中
华在杭州、台州等地从事革命活动。1923 年在杭州加入社会主义青年团，不久，转
为中国共产党党员，曾为"左联"秘密盟员。

宣侠父是黄埔一期学生中的特殊人物，因蒋介石破坏以党治军的制度而抗命不
从，被蒋介石开除出黄埔。1929 年后，宣侠父在国民党军队中从事兵运工作。抗日
战争爆发后，任国民革命军第十八集团军高级参议（一说为"高级参谋"），从事统
战国民党高级将领的工作，因工作卓有成效，招致国民党当局忌恨，1938 年被暗杀
于西安。

烟斗还没有熄灭

——忆史轮

方　冰①

一

你的诗像你的人一样，
——放荡不羁。

没有什么框框
可以约束住你的诗；

也没有什么框框
可以约束住你的人。

在诗，可能是好的，
在人，不一定都是好的。

因此，你遭到很多误解，
因此，你受了不少委屈。

---

① 方冰（1914~1997），原名张世方，笔名方冰，到延安后改名。安徽淮南人。1938年入陕北公学学习。同年加入中国共产党。1938年冬，到华北敌后晋察冀边区，担任宣传工作，曾与田间、史轮等人发起街头诗运动，负责编辑《诗建设》杂志。创作的诗歌《歌唱二小放牛郎》曾到处传唱。1978年后继续写了不少诗作，出版有诗集《大海的心》。

你不幸牺牲了，
与放荡不羁也有关系。

可是，却试出了
你是一块真的金子！

二

反扫荡好像同敌人捉迷藏，
牵着敌人的鼻子转山沟，

找准一个机会就消灭他，
然而，我们也有吃亏的时候。

一天，灰蒙蒙的黄昏起夜雾，
敌人突然出现在村口。

"敌人来了！赶快走！"
同志们跑来吆喝你。

"慌个啥？看把你们吓得！"
你正在烤火，脱光了衣服。

艰苦的游击生活呵！
使很多人得了皮肤病。

刺痒得恨不得把皮挠下来，
你烤着，挠着，透心地舒服。

你还未把衣裳穿起来，
几把明晃晃的刺刀封住了屋门口。

敌人把你抓到城里去，
给你施了很多残酷的刑法。

敌人要从你嘴里抠出来的，
你一句也没有吐给他。

传来消息：敌人把你活剐了，
剐一刀，你骂一句……

又传说：敌人割去了你的舌头，
把你钉在城门上，好几天才死去。

三

四十年前多少难忘事，
还经常出现在我的眼帘前：

——在行军的路上，
你大声地笑着，高声地谈论着……

一路上把诗句写在村子里、大道边，
好像点燃起一溜溜火焰……

——艰苦能够锻炼人，也在折磨人，
每个人都患着营养不良症。

你搞来点吃的东西，往炕上一倒，
从来都是请大家伙儿共同消灭尽。

——老百姓没有衣裳穿，
十七八的大姑娘下不了炕，

只要身上能够扒下来的，
你一件一件都给光。

——困难得连点儿烟叶子也搞不到，
你叼着个大空烟斗，

到处寻找带点刺激性的树叶子，
再掺和进去一些辣椒面。

"能好抽吗？"同志们问你，
"还闹一阵！"你吧嗒着嘴，连连点头。

——烟斗还没有熄灭，
还叼在你嘴里，你还在抽……

1983 年 11 月 16 日沈阳

——摘自方冰著：《大海的心》，春风文艺出版社 1985 年 5 月版。

你活得强硬，死得沉重！

——哭诗人史轮

王亚平（李篁①）

在他运命上站定一个运命
前思，后想，强硬：——

哭罢！哭罢！史轮死了吗？我以尼采的诗句遥远地哭祭你。

史轮，虽然我们不曾会过面，但在精神上与事业上，你确是我最好的朋友。

远在抗战之先，"九一八"之后，那时我在青岛，你在故乡邱县②，在新诗歌社号召之下，你组成了齐东诗社，参加的有袁勃③、冀春④等人。我在青岛主编《现代诗歌》《诗歌季刊》《诗歌新辑》，都多方地得到你的援助。

后来，袁勃到青岛，而你仍埋头在故乡做事，冀南的文艺青年受你们影响者实在不小，听说最近那些年青朋友多已成了敌后文化运动的开拓者，那新生的种子确实是你们播种的呵！

《战前之歌》——那是你的处女诗集，我读了之后，很受你热情的鼓涌，与思想潜力的激荡，就以诗歌出版社的名义给你出版了。你题赠给我的诗集和一张小照，都在松江退守时连同

① 编者按：李篁，现代著名诗人、戏剧家王亚平的笔名之一。王亚平（1905.3～1983.4），河北省威县人。

② 编者按：邱县，原稿为曲周，史轮的家乡威县常屯乡东马庄村，当时为山东省邱县在威县县域之中的插花地。

③ 编者按：袁勃，现代诗人。原名何凤文，河北省广宗县刁家营村人。

④ 编者按：冀春，现代诗人、记者。原名孙秀石，字友端，笔名冀春，威县常屯乡东柳疃村人。东柳疃村，当时为山东省邱县在威县县域之中的插花地。

我的诗稿沦陷在敌人手里了！至今想起来，还有无尽止的悔恨！

后来，因为"××××"的罪名，我被迫放逐到敌人的国度——东京。临行前，袁勃、劫夫等站在胶州湾上对我流泄着愤恨的眼泪，而我沉默地去了，在东京获得你的信，却比他们的愤恨更深更多……

当祖国抗战了，我回来，加入战地服务队，而你同袁勃、田间都加入了战地工作团。从此辗转战场，分手抗敌，信息不能通，但未曾一日忘怀你们啊！在武汉退守前，会到了袁勃、戈茅，独你未归，听他们说到你在战地唱歌、宣传、写诗、演戏等等故事，真叫人不禁眉飞色舞，向往不已呢。

《杂技》出版了，从那些作品里，我仿佛听到了你悲切的呼声，看到了你沉郁的面影。我更欣喜你为"通俗文艺""抗敌宣传"而牺牲了一切。你写诗、写歌、写小调和鼓词，也写剧本，你的创作领域扩大了！

别人读了田间赠你的诗，说他把你写成了"精神病者"，其实，我深深地了解你，你从前饱尝过人生的酸辛、病痛；抗战后，你确有了狂热的"抗日救国病"，但绝没有精神病呵！

是的，诗人中，有谁比你活得更"强硬"！你是农民的儿子，你有农民的质朴，你有山东人的憨贞，你不曾向什么屈服过，也没有什么能屈服你！

我敬爱着你呵！史轮！

五年来，我们一同站在祖国的天空下，向顽恶的日寇作着殊死的斗争，但我们却不能好好地通过一次信，即在友人中得到你一点消息，也是非常模糊，这怎能不加重深心的怀念？我曾默默地祝你为辉煌的理想战斗不息！

你的死耗，使我对你的希望毁灭了！

"太行山血战中，蒋弼、高咏、陈默君、刘稚〔灵〕等等阵亡，史轮至今生死不明……"这消息，一字一字像宰割小羊的利刃，在刺伤着我的心脏。我惘然了，我被不可言说的伤痛征服了！诗人！作家！年青的战士！你们是新中国的灵魂！真理的捍卫者，创造者！你们死不得，而你们竟死了！

史轮！你生死不明！呵，也许你死于惨烈的混战中？也许是沦于敌手？也许你静静地永眠在血染的草垠里？你比死者的死也许更沉重更惨烈呀！

也许，有一天，你会悄悄地回归战斗的行列，你骄傲地笑着说，"我没有死"！然而，这不是梦境么？

前年，我悼过风沙夜歌者，今天，我又来哭你，诗人死在沙场，比戴一百个桂冠还要光荣呵！你们死了，都博得了祖国的新生。史轮，我不必把你比做人间的花朵，也不必称赞你是诗界的天才，但是，假如你不死，我敢断定在新诗的创造上，在新社会的建设上，都有你的份儿，你未来的业绩，将比诗人的诗更美、更真、更伟大。

然而，你竟早早地战死了（今年你仅是三十五岁①）！我还能说什么哩！"你活得强硬！死得沉重！"我只有拿这句话来向你的忠魂遥遥地致祭。

——原载《新华日报》，1942 年 9 月 16 日。

---

① 编者按：年龄与其他当事人记述有出入。

怒向刀丛觅小诗

——忆史轮

徐光霄（戈茅）①

> 忍看朋辈成新鬼，
> 怒向刀丛觅小诗。
>
> ——鲁迅

但愿你仍旧是活着，这是我们的希望，倘使你在战斗的血泊中不幸已经倒地了，自然无甚话说，终算完成了一个战斗勇士的纯真的人格。壮烈的死，便是光荣的生。

自古"燕赵多慷慨悲歌之士"，缅怀北方，能不依依？有多少为祖国战斗的勇士，血溅太行山，有多少骁勇的骑士纵横驰驱，广阔的漠漠的平原，万千不幸的中国人民在热望着光明自由的到来，恰在这时有的却为敌人的狠毒的枪弹身击倒地了，又怎能不令人深深的悲痛？史轮是否尚在人间，或被敌俘，或系之于狱，关山危阻，鱼雁无确息，这更使人痛倒欲绝！

史轮具有山东人的那种爽直的性格，我和他认识已经有好

---

① 徐光霄（1915. 11～1989. 12. 21），笔名戈茅（戈矛），出生于山东莘县。1932 年参加进步学生运动，1934 年加入中国共产党。第二次国内革命战争时期，他从事党的地下文化工作，编辑出版《青锋》《笔端》等进步书刊。1937 年奔赴延安，任中央党校文化教员。抗战时期，徐光霄参加西北战地服务团担任通讯股股长，在八路军总部任随军记者。后来，他到达重庆，任《新华日报》副刊编辑。1940 年，以《新华日报》特派员身份赴新四军工作。1946 年，他参加中共驻南京代表团，从事统一战线工作。新中国成立以后，曾任文化部副部长、国家出版事业管理局局长。出版了诗集《草原牧歌》《将军的马》长篇叙事诗《我们的共和国》和杂文论文集《散失集》《徐光霄诗文集》等。

几年了，那时正是抗战刚开始的时候，他和袁勃一同到了太原，我们一直在一道工作。后来在洪洞，田间也加入到我们的工作群里来了。我们大家都很好，时常讨论关于诗歌上的一些问题。史轮长得高高瘦瘦，额头上的皱纹很深，他比我们几个人的年纪都大些，然而他却最孩子气，常常爱打抱不平。他憨直，天真，纯朴，热情，坦白。但有时也固板，他是一个典型的农民性格的诗人，而且是一个非常有风趣的诗人，脾气有些暴躁，他的神情常常引人发笑，又极爱好说笑话，所以有人就说他古怪。常常拿着一根短杆旱烟管唧唧地抽烟，说话时常常带着一种嘲讽的口吻，一件小小的事情，往往可以引起他的一阵狂笑，对于友情的别离他又会深深痛哭一场。这人是可爱的，心直口爽，绝不含糊其词。史轮是具有"鬼才"的那种诗人。他一生中遭遇过很多的不幸。我很知道他是一个多才多艺的人，他写过很多诗，也写过很多鼓词，小调，山歌，莲花落之类，也写戏剧，也试写过小说。这是一个生命力异常旺盛的人，他充满了革命的浪漫主义的气氛，人很热情，故想象力非常丰满，他处处总要表现出一种独创的精神来。比如写诗吧，那时有一些人在极力模仿马雅可夫斯基的格调，他气愤地说道："为什么一定要沿着别人的沟爬呢？我们也是一个人，即使写不好，就不能找寻新的途径吗？何必跳在别人造好的圈子里呢？不错，我们应去学习他的写作精神和写作方法，但不是要我们一味去模仿他的形式呀。"这话本来不错，可是他因为反对写短句的诗，自己就故意拉成长句，他像孩子一样在赌气，后来我们劝告他："史轮，这样你要把自己毁了。赌气是不成的。"起初他不听，后来终于听了。无论如何史轮是有天才的，可惜他写了很多诗，却无机会拿到后方来发表，如今竟遭不幸，诚属憾事！

想到这里，深为悲痛，因作诗以吊之曰：

"诚朴的灵魂和战斗的骄傲——

一起埋葬吧——
拥护光明世界的人们，
将在血污的土地上
朗诵着你热情的钢铁的诗句！"

——原载《新华日报》，1942 年 9 月 16 日。

忆诗友

徐光霄

在抗日战争时期，一道从事诗歌活动或在一起工作过的几位诗人，他们都给我留下了深刻的印象。现在，他们都不在人间，而早已辞世成了"古人"。高敏夫、袁勃、史轮、田间、方殷、力扬、王亚平、聂绀弩（文学作家也是诗人），均先后做鬼，也都有著作留下来，有的出了书，有的却未出书。死后，有的为朋友所悼念，有的则多年或多日才传出消息，迄今无任何纪念活动，史轮就是一个突出的例子。

史轮和袁勃 1937 年 9 月在太原一同参加八路军西北战地服务团工作，我是那时认识他们的。袁勃是诗人，为人忠厚纯朴，工作踏实肯干，也很谦虚。史轮也写诗，当时他发表的作品不多。人很勤恳，农民气质很重，脾气有点儿古怪，不熟悉不了解他的人，就很难和他接近；对人和事他都有自己的见解，对生活对写诗他也有自己的奇特的想法和看法；他崇拜托尔斯泰和克鲁鲍特金，是一个虚无主义和自由主义者；他喜欢的人，可以把心掏给你，无所不谈；他认为不可与言的人，便一言不发；从他的谈话中，我了解到他是山东人，原姓马，1933 年①曾参加共产党，当时地下党怀疑他与托派某人的关系，为此他对党组织有意见，后来党组织与他断了联系，因此他失掉了党的关系；他曾和我谈过希望解决他的组织关系问题，我说比较困难，他可以争取重新入党。有一段时间，他很认真注意自己的言行；过了一段时间，他又牢骚满腹；可是，他一直不停地

---

① 编者按：此处时间与其他当事人记述有出入。

写作，都是写很短的小诗；他准备抄写出来把这些小诗贴到墙壁上和屋檐下；当时我们在一起时，他只有这个想法，但并未把诗抄写张贴出来。我们在山西太行山行军途中，一路演出，写标语做宣传工作，生活很苦，吃小米和酸菜，有时根本没菜吃；最困难的是没有烟吸，到了穷乡僻壤，别说没有钱，即使有钱也买不到烟；后来，好容易买了一点烟叶，是高敏夫买的；高敏夫有点钱，他要买烟和吃的东西，当然我们几个人共享。我没有钱，有时袁勃也买烟。那时只要有烟叶抽就很满意了。

史轮在行军途中，写了不少诗，他有时读给我们几个人听，有时大家传看一下，对他的作品提出一些意见。后来我们到了洪洞、赵城县，这是山西比较富庶的地区，西战团驻扎在石安镇，一个相当大的乡镇。八路军总司令部驻防在高公村，距离石安镇约二公里左右。彭德怀给我们做报告，他详细讲了全国的战局和华北的军事形势。1937 年 12 月，八路军总部正在召开军事会议，这时太原早已在 10 月间失守，日寇侵略中国和进攻华北的势头正在猛烈扩张中。我们在石安镇驻扎了一个月，又移到临汾驻扎下来。在临汾这段时间，彭雪枫、贺龙、林彪等，都给我们做过军事形势报告。那时在临汾有一所统一战线性质的大学，招收了很多爱国青年在该校学习。我国许多知名的学者、教授、文学家和进步的爱国民主人士在该校工作和当教授。当然，阎锡山也派了人去。不久，敌军沿同蒲路向南进攻临汾、侯马，我们由临汾沿同蒲线一直慢慢转移到运城。在临汾，田间同志参加了西战团。这时民族革命大学也搬家转移了。聂绀弩、萧军、萧红、端木蕻良等，因和丁玲认识，他们四人就一同随西战团行动。侯马、临汾失陷后，我们便从风陵渡渡过黄河到西安演出，做宣传工作。到西安不久，由组织决定调我到武汉《新华日报》工作，我就离开西战团。聂绀弩、袁勃和我三人一同到了武汉。从此我就同史轮失去了联系，后来知道他在晋察冀文联工作，常常搞街头诗、墙头诗宣传抗日活动。我没看到过他发表的作品，倒看到他张贴的街头诗或墙头诗。1941、1942 年日寇在华北敌后进行大扫荡，在我晋察冀根据地一些地区实行残酷的"三光政策"，敌人的暴行，令人目眦发指！在国民党守卫的地区，这时大江南北广大地区早已陆续失陷，华南、西南大部国土也早已沦陷，蒋介石把首都西迁到重庆。我 1939 年 1 月 14 日坐木船到重庆。1942 年消息从敌后传来，报道史轮牺牲了！我在《新华日报》上写了一篇短文，悼念这位诗友。不料，经过四十几年后我才弄清楚，史轮并未作日寇的刀下鬼，而是被我们的专政部门做了错误的处理！突闻此讯，我不禁慨然感叹久之！

史轮是否已经平反，我不清楚①。

回忆已经去世的几位诗友，其他几位诗人的情况，许多人都知道，所以我未详细写他们，只着重写了史轮的情况，因为知道史轮的人并不很多。

12 月 4 日

——选自新文化史料丛书《徐光霄（戈茅）诗文集》，中国文联出版公司 1995 年 8 月版。

---

① 编者按：此文为 1988 年 12 月 4 日撰写，当时作者尚不知史轮已于 1984 年被河北省批准为烈士。

鸣　谢

　　在本书出版之际，特别向给予鼓励指导和资料支持的领导、专家致以诚挚的感谢和崇高的敬意！

罗　扬　　中国文联原副主席

刘艺亭　　河北省文联原党组书记、副主席

吴桂海　　中共邢台市委党校原教授

王长华　　河北师范大学原副校长、博士生导师

孙进柱　　保定市地方志办公室原主任

王维国　　河北省社会科学院《河北学刊》总编

图书在版编目（CIP）数据

威州战歌.第一部：上下卷／王博习，史轮著；王韶峰主编. —北京：人民出版社，2020.6

ISBN 978 – 7 – 01 – 021377 – 4

Ⅰ. ①威… Ⅱ. ①王… ②史… ③王… Ⅲ. ①诗集 – 中国 – 现代

Ⅳ. ① I226

中国版本图书馆 CIP 数据核字（2019）第 215118 号

威州战歌

WEIZHOU ZHANGE

第一部：上下卷

王博习　史轮　著

王韶峰　主编

人民出版社 出版发行

（100706　北京市东城区隆福寺街 99 号）

保定市北方胶印有限公司印刷　新华书店经销

2020 年 6 月第 1 版　2020 年 6 月第 1 次印刷

开本：880 毫米×1230 毫米　1/32　印张：14.5

字数：301 千字

ISBN 978 – 7 – 01 – 021377 – 4　定价：68.00 元（上下卷）

邮购地址　100706　北京市东城区隆福寺街 99 号

人民东方图书销售中心　电话（010）65250042　65289539